O ANJO ESMERALDA: NOVE CONTOS

A marca FSC® é a garantia de que a madeira utilizada na fabricação do papel deste livro provém de florestas que foram gerenciadas de maneira ambientalmente correta, socialmente justa e economicamente viável, além de outras fontes de origem controlada.

DON DELILLO

O anjo Esmeralda

Nove contos

Tradução
Paulo Henriques Britto

Copyright © 2011 by Don DeLillo

Os contos deste volume apareceram originalmente nas seguintes publicações: "Criação", *Antaeus*, nº 33, primavera de 1979; "Momentos humanos na Terceira Guerra Mundial", *Esquire*, julho de 1983; "O corredor", *Harper's*, setembro de 1988; "A acrobata de marfim", *Granta*, nº 25, outono de 1988; "O anjo Esmeralda", *Esquire*, maio de 1994; "Baader-Meinhof", *New Yorker*, 1º de abril de 2002; "Meia-noite em Dostoiévski", *The New Yorker*, 30 de novembro de 2009; "Foice e martelo", *Harper's*, dezembro de 2010; "A Famélica", *Granta*, nº 115, outono de 2011.

Grafia atualizada segundo o Acordo Ortográfico da Língua Portuguesa de 1990, que entrou em vigor no Brasil em 2009.

Título original
The Angel Esmeralda: Nine Stories

Capa
warrakloureiro

Foto de capa
© Chien-Chi Chang/ Magnum Photos/ Latinstock

Preparação
Lígia Azevedo

Revisão
Luciane Helena Gomide
Carmen T. S. Costa

Dados Internacionais de Catalogação na Publicação (CIP)
(Câmara Brasileira do Livro, SP, Brasil)

DeLillo, Don
    O anjo Esmeralda : nove contos / Don DeLillo ; tradução
Paulo Henriques Britto. — 1ª ed. — São Paulo : Companhia
das Letras, 2013.

    Título original: The Angel Esmeralda : Nine Stories.
    ISBN 978-85-359-2274-5

    1. Contos norte-americanos I. Título.

13-03866   CDD-813

Índice para catálogo sistemático:
1. Contos : Literatura norte-americana 813

[2013]
Todos os direitos desta edição reservados à
EDITORA SCHWARCZ S.A.
Rua Bandeira Paulista 702 cj. 32
04532-002 — São Paulo — SP
Telefone (11) 3707-3500
Fax (11) 3707-3501
www.companhiadasletras.com.br
www.blogdacompanhia.com.br

Sumário

PARTE I, 7
Criação (1979), 9
Momentos humanos na Terceira Guerra Mundial (1983), 30

PARTE II, 51
O corredor (1988), 53
A acrobata de marfim (1988), 61
O anjo Esmeralda (1994), 79

PARTE III, 109
Baader-Meinhof (2002), 111
Meia-noite em Dostoiévski (2009), 125
Foice e martelo (2010), 153
A Famélica (2011), 189

PARTE I

Criação (1979)
Momentos humanos
na Terceira Guerra Mundial (1983)

Criação

Uma viagem de carro de uma hora, boa parte dela na subida, no meio da chuva e da fumaça. Eu mantinha minha janela abaixada alguns centímetros, na esperança de sentir uma fragrância, um olor de arbustos aromáticos. Nosso motorista diminuía a velocidade nos piores trechos da estrada e nas curvas mais fechadas, e sempre que vinha um carro em sentido contrário em meio à neblina. Em alguns trechos a vegetação à beira-estrada rareava e víamos um panorama de selva pura, vales inteiros de mata, espalhada entre os morros.

Jill lia seu livro sobre os Rockefeller. Quando se concentrava, ela tornava-se inacessível, como se estivesse completamente estupefata, e durante toda a viagem só a vi levantar os olhos da página uma vez, para ver de relance umas crianças brincando num campo.

O trânsito era escasso nos dois sentidos. Os carros que vinham em nossa direção apareciam de repente, pequenos desenhos animados em cores, desengonçados, cambaleando, e Rupert, nosso motorista, tinha que manobrar depressa na chuva torrencial para evitar colisões, contornar as valas profundas na pista, esquivar-se da selva que invadia a estrada. Pelo visto, pressupunha-se que todas as manobras evasivas tinham de ser feitas pelo nosso veículo, o táxi. A estrada ficou plana. De vez em quando surgia alguém no meio das árvores, olhando para nós. A fumaça descia do alto da serra. O carro subiu mais um trecho, curto, e então chegou ao aeroporto, uma série de prédios pequenos e uma pista de pouso. Parou de chover. Paguei Rupert e carregamos a bagagem para o terminal. Então o vimos lá fora com outros homens de camisa esporte, conversando na luminosidade subitamente ofuscante. O terminal estava cheio de gente, malas e caixas. Jill ficou sentada em sua mala, lendo, com nossas sacolas e bagagens de mão à sua volta. Fui me acotovelando até chegar ao balcão e fiquei sabendo que estávamos na lista de espera, números cinco e seis. Isso fez com que uma expressão pensativa surgisse em meu rosto. Eu disse ao homem que havíamos feito a confirmação em São Vicente. Ele retrucou que era necessário reconfirmar setenta e duas horas antes do voo. Expliquei que tínhamos feito um passeio de barco; setenta e duas horas antes, estávamos no arquipélago de Tobago Cays — onde não há gente, nem prédios, nem telefones. Ele disse que a regra era reconfirmar. Mostrou-me onze nomes num pedaço de papel. Uma prova material. Éramos os números cinco e seis.

Fui dar a notícia a Jill. Ela deixou o corpo afundar na bagagem, um desmaio estilizado. Levou algum tempo para que concluísse o gesto. Depois travamos um diálogo formal. Ela levantou todos os argumentos que eu acabara de apresentar ao homem do balcão. Confirmado em São Vicente. Iate alugado. Ilhas desabitadas. E repeti todas as coisas que ele me dissera em resposta. Ela representou o meu papel, em outras palavras, e eu representei o dele, mas fiz isso no tom de voz mais razoável possível e acrescentei dados plausíveis, na esperança de aplacar a irritação dela. Também observei que haveria outro voo três horas depois daquele. Ainda chegaríamos a Barbados a tempo de pegar uma praia antes do jantar. E depois a noite seria fresca e estrelada. Ou quente e estrelada. E ouviríamos as ondas quebrando ao longe. A costa leste era famosa pelo rumor das ondas quebrando. E na tarde seguinte pegaríamos o voo para Nova York, conforme o planejado, e nada seria perdido, senão algumas horas naquele autêntico aeroportozinho antilhano.

"Muito neorromântico, perfeito pra hoje. Esses aviões têm quantos lugares, quarenta?"

"Ah, mais", respondi.

"Mais quantos?"

"Sei lá; mais."

"E onde que a gente está na lista de espera?"

"Números cinco e seis."

"Além dos mais de quarenta."

"Muitos passageiros não aparecem", disse eu. "São engolidos pela selva."

"Besteira. Olha quanta gente. Não para de chegar."

"Muitos vieram só se despedir."

"Se ele acredita nisso, meu Deus, não quero ele do meu lado, não. O negócio é que essa gente nem devia estar aqui. Estamos na baixa estação."

"Tem uns que moram aqui."

"E nós sabemos quais são, não é?"

Chegou o avião, vindo de Trinidad, e ao ouvi-lo e vê-lo as pessoas próximas do balcão se apertaram mais ainda, para chegar mais perto. Saí pelo lado e fui por detrás ao balcão adjacente, onde havia outras pessoas. Os passageiros que haviam reconfirmado começaram a seguir em fila em direção à cabine do serviço de imigração.

Vozes. Uma mulher britânica disse que o voo do final da tarde havia sido cancelado. Todos nós chegamos ainda mais perto. Dois homens antilhanos que estavam à frente brandiram suas passagens diante do funcionário. Mais vozes. Dei vários pulos para conseguir ver por cima da cabeça das pessoas reunidas e olhei para a estrada de terra lá fora. Rupert continuava lá.

Rapidamente as coisas estavam se arranjando. Mercadorias e bagagens saíam por uma porta, passageiros pela outra. Percebi que só restávamos nós, os da lista de espera. As pessoas que se afastavam do balcão pareciam impelidas por uma força salvadora profunda. Era como se uma forma primitiva de batismo estivesse atuando. Os outros ficamos agrupados em torno do funcionário. Ele assinalava alguns nomes, riscando os demais.

"O voo está lotado", disse ele. "O voo está lotado."

Restavam oito ou nove rostos, com aquela expressão apática de sofrimento de viajante. Diversas variedades de inglês estavam sendo faladas. Alguém sugeriu que nos reuníssemos e fretássemos um avião. Era uma prática razoavelmente comum ali. Outra pessoa falou num avião de nove lugares. A primeira pessoa que falara anotou os nomes, então saiu, junto com outras, para encontrar o balcão de táxis aéreos. Perguntei ao funcionário a respeito do voo do final da tarde. Ele não sabia por que fora cancelado. Pedi-lhe que pusesse o meu nome e o de Jill no primeiro voo da manhã seguinte. A lista de passageiros ainda não estava disponível, ele retrucou. Só podia nos colocar na lista de espera. Amanhã teríamos mais informações.

Usando apenas os pés, eu e Jill empurramos nossa bagagem até a porta. Um dos que foram procurar um táxi aéreo voltou para nos dizer que talvez fosse possível fretar um avião ainda naquele dia — mas só havia seis lugares. Pelo visto, íamos ficar de fora. Fiz um sinal para Rupert e começamos a levar as coisas para o carro. Ele tinha um rosto comprido e uma falha entre os dentes da frente, e usava uma medalha de prata por cima do bolso da camisa — um enfeite oval complicado, preso a uma tira de pano multicolorida.

Jill sentou-se no banco de trás e continuou lendo. Junto ao porta-malas, Rupert comentava que conhecia um hotel perto do porto. Seus olhos voltavam-se para a direita com insistência. Havia uma mulher parada a dois metros de nós, totalmente imóvel, esperando que terminássemos nossa conversa. Tive a impressão de que já a vira dentro do terminal. Usava um vestido cinzento e levava uma bolsa. A seus pés havia uma mala pequena.

"Por favor, meu táxi foi embora", disse ela a mim.

Era pálida, tinha um rosto suave, nem bonito nem feio, lábios carnudos e cabelos castanhos bem curtos. Com a mão direita junto à testa protegia os olhos do sol. Resolvemos dividir o táxi até o hotel e voltar juntos ao aeroporto no dia seguinte. Ela disse que seu número era sete.

O sol estava quente e forte durante toda a viagem de volta. A mulher ia no banco da frente, ao lado de Rupert. De vez em quando se virava para Jill e para mim e dizia: "É terrível, esse sistema deles", ou "Não sei como conseguem sobreviver economicamente", ou "Não garantem que eu vou poder voltar nem mesmo amanhã".

Paramos para dar passagem a um grupo de cabras, e uma mulher saiu do meio da floresta para nos vender noz-moscada em saquinhos plásticos.

"Onde estamos na fila?", perguntou Jill.

"Agora somos dois e três."

"Que horas é o voo?"

"Seis e quarenta e cinco. Temos que estar no aeroporto às seis. Rupert, temos que estar lá às seis."

"Eu levo vocês."

"Pra onde estamos indo agora?", perguntou Jill.

"Hotel."

"Hotel, eu sei. Que tipo de hotel?"

"Você me viu pulando lá no aeroporto?"

"Não vi, não."

"Eu dei os maiores pulos."

"Barbados já era, não é?"

"Leia o seu livro", disse eu.

A chalupa continuava ancorada no porto. Apontei para ela e disse à mulher no banco da frente que havíamos passado dez dias naquele barco. Ela virou-se com um sorriso fraco, como se estivesse cansada demais para decifrar o sentido de meu comentário. Estávamos na serra, seguindo para o sul. Dei-me conta do motivo que me fazia achar que aquela cidadezinha portuária era menos esmaecida e improvisada do que as outras onde havíamos estado. Construções de pedra. Era quase mediterrânea.

No hotel foi fácil conseguir quartos. Rupert disse que estaria à nossa espera às cinco da manhã. Duas camareiras seguiam à nossa frente pela praia, e um carregador vinha atrás de nós. Dividimo-nos em dois grupos, e eu e Jill fomos levados a uma suíte com piscina. Por trás de um muro de três metros de altura havia um jardim particular com hibiscos, vários arbustos e uma paineira. Havia uma pequena piscina, também só para nós. No pátio encontramos uma tigela cheia de bananas, mangas e abacaxis.

"Nada mau", disse Jill.

Ela dormiu um pouco. Fiquei flutuando na piscina, sentindo que me desprendia da sensação de suspense, da tensão de ir de um local a outro em grupos — viajantes documentados. Aquele lugar era tão próximo da perfeição que não dava vontade nem de dizer a nós mesmos que sorte fora parar lá. Os melhores lugares novos tinham de ser protegidos de nossos próprios gritos de prazer. Guardaríamos as palavras por semanas ou meses, até um fim de tarde suave em que um comentário qualquer nos faria relembrar. Creio que acreditávamos, juntos, que uma voz errada é capaz de obliterar uma paisagem. Esse sentimento era ele próprio tácito, e era uma das fontes de nossa união.

Abri os olhos e vi nuvens impelidas pelo vento — nuvens *de vento em popa* — e uma única fragata pendurada numa corrente de ar, as asas longas planas e imóveis. O mundo e todas as coisas nele contidas. Eu não era bobo de achar que estava vivendo algum momento primevo. Era um produto moderno, aquele hotel, planejado para dar às pessoas a sensação de que elas haviam deixado para trás a civilização. Mas se eu não era ingênuo, também não sentia vontade de alimentar dúvidas sobre aquele lugar. Tínhamos vivido meio dia de frustrações, longas idas e vindas num carro, e o toque refrescante da água doce em meu corpo, e a ave a sobrevoar o oceano, e a velocidade daquelas nuvens baixas, aqueles imensos píncaros a desabar, e a sensação de flutuar sem peso, girando lentamente na piscina, como uma espécie de êxtase com controle remoto, tudo isso me fazia sentir que eu sabia o que era estar no mundo. Uma coisa especial, sim. O sonho da Criação que brilha no limite da busca de quem viaja a sério. Nu. Faltava apenas que Jill atravessasse as cortinas diáfanas e em silêncio entrasse na piscina.

Jantamos no pavilhão, com vista para um mar tranquilo. Apenas um quarto das mesas estava ocupado. A mulher europeia, nossa companheira de táxi, estava num canto distante. Acenei para ela com a cabeça. Ou não reparou ou preferiu não responder.

"A gente não devia chamá-la pra ficar na nossa mesa?"

"Ela não quer", respondi.

"Mas nós somos americanos. Somos famosos por convidar as pessoas pra se juntar a nós."

"Ela escolheu a mesa mais isolada. Está satisfeita lá."

"Talvez ela seja uma economista do bloco soviético. O que

você acha? Ou uma pessoa estudando a situação da saúde aqui, pra ONU."

"Nada disso."

"Uma viúva ainda moça, suíça, que veio aqui pra esquecer."

"Suíça ela não é."

"Alemã", disse ela.

"Isso."

"Zanzando sem rumo de uma ilha pra outra. Escolhendo as mesas mais isoladas."

"Eles não se espantaram quando eu falei que a gente queria café da manhã às quatro e meia."

"A ilha inteira tem que se submeter àquela porcaria de companhia de aviação. É terrível, terrível."

Jill estava com uma túnica longa e calças de tule. Deixamos os sapatos debaixo da mesa e fomos caminhar pela praia, entrando na água até os joelhos num trecho. Um segurança nos observava, junto às palmeiras. Quando voltamos à mesa, o garçom trouxe café.

"Pode acontecer de eles terem lugar para dois da fila de espera, mas não três", disse Jill. "Eu realmente tenho que estar em Nova York na quarta, mas acho que a gente devia ficar juntos assim mesmo."

"Nós somos uma equipe. Desde o começo dessa história somos uma equipe."

"Quantos voos pra Barbados amanhã?"

"Só dois. O que é que tem na quarta?"

"O Bernie Gladman vem de Buffalo."

"Terra arrasada num raio de vários quilômetros."

"Foram só seis semanas pra gente conseguir marcar a reunião."

"Nós vamos conseguir. Se não for no das seis e quarenta e cinco, então no do final da tarde. Claro que se isso acontecer a gente perde a conexão em Barbados."

"Nem me diga isso", ela retrucou.

"Só se a gente for pra Martinica."

"Você é o único homem que percebeu que pra mim tédio e medo é a mesma coisa."

"Eu tento não me aproveitar disso."

"Você adora o tédio. Procura situações chatas."

"Aeroporto."

"Viagem de táxi de uma hora", disse ela.

Primeiro as copas das palmeiras começaram a se curvar. Depois veio a chuva, batendo pesada e sonora nas pedras do calçamento. Quando estiou, atravessamos o gramado em direção à nossa suíte.

Vendo Jill se despir. Rum num copo de escova de dente. O som e a força da ventania. A pele em torno dos meus olhos rachando depois de dez dias de sol e vento.

Demorei para pegar no sono. Depois que o vento parou, finalmente, a primeira coisa que ouvi foram galos cantando, pareciam centenas, na serra ao longe. Minutos depois os cachorros começaram a latir.

Partimos ao raiar da madrugada. Nove homens com machadinhas seguiam pela estrada em fila indiana.

Descobrimos que o nome da outra mulher era Christa. Ela e Jill ficaram conversando fiado durante o início da viagem. Depois Jill abaixou a cabeça sobre o livro aberto.

Choveu uma vez, rapidamente.

Eu imaginava encontrar meia dúzia de pessoas no aeroporto naquela hora. O terminal estava lotado. Gente se empurrando para chegar ao balcão. Era difícil se locomover por causa das malas e caixas e gaiolas de pássaros e crianças pequenas.

"Que loucura", disse Jill. "Onde é que a gente está? Eu não acredito que isso está acontecendo."

"O avião vai estar vazio quando chegar, ou quase. Estou

contando com isso. E tem muita gente aqui que está na lista de espera. Nós somos os números dois e três, lembra?"

"Deus, se você existe, por favor me tira dessa ilha."

Ela estava quase chorando. Deixei-a perto da porta e tentei me aproximar da beira do balcão. Ouvi o avião se aproximando e pousando.

Minutos depois, as pessoas que já tinham passagens haviam quase todas saído de perto do balcão, formando uma fila que atravessava o salão. O calor já nos encharcava. Entre os que permanecíamos amontoados, ocorriam pequenas explosões de desespero — uma veemência de movimentos, gestos e expressões.

Ouvi o funcionário chamando nossos nomes. Fui até o balcão e debrucei-me o máximo que pude. A minha cabeça e a dele estavam quase encostando. Um iria, expliquei, e o outro não. Dei a ele a passagem de Jill. Então voltei para pegar a bagagem dela e levá-la até a pequena plataforma ao lado do balcão. A boca de Jill escancarou-se e seus braços levantaram-se de repente, numa espécie de pantomima de surpresa num filme mudo. Ela veio andando atrás de mim carregando uma das minhas malas.

"Você vai sozinha", expliquei. "Você tem que preencher um formulário na cabine. Cadê o seu passaporte?"

Livre da bagagem, levei-a até o serviço de imigração e fiquei segurando uma das sacolas dela enquanto Jill preenchia o formulário amarelo. Entre uma linha e a próxima ela me dirigia olhares ansiosos. Confusão por toda parte. O espaço à nossa volta era vítreo e luminoso.

"Este dinheiro é pra taxa de embarque. Só tem lugar pra um de nós. Seria bobagem você não ir."

"Mas a gente combinou."

"Bobagem você não ir."

"Não estou gostando disso."

"Vai dar tudo certo."

"E você?"

"Vou me casar com uma nativa e aprender a pintar."

"A gente pode fretar um voo. Vamos tentar, mesmo que seja só nos dois."

"Não tem como. Aqui nada funciona."

"Não quero ir embora assim. É horrível. Não quero ir."

"Jill, meu amor", eu disse.

Fiquei a vê-la seguindo em direção à rampa da entrada de trás do avião. Pouco depois todas as hélices estavam girando. Voltei para o salão e vi Christa perto da porta. Peguei minhas malas e saí do terminal. Rupert estava sentado num banco em frente à loja de suvenires. Só depois que avancei uns metros consegui que ele me visse. Virei-me para trás e olhei para Christa. Ela pegou sua mala. Então nós três, cada um a partir de seu lugar, seguimos em direção ao carro.

Eu já estava começando a aprender onde ia aparecer certo grupo de casas, onde ficavam as piores curvas, onde e de que lado da estrada ia surgir um trecho de mata cerrada. Ela estava sentada a meu lado, esfregando os dedos numa picada de inseto no antebraço esquerdo.

Fomos para o mesmo hotel e pedimos uma suíte com piscina. Caminhamos pela praia seguindo uma camareira e depois tomamos um caminho que levava a um dos portões do jardim. A reação de Christa ao ver o jardim e a piscina me fez concluir que ela havia passado a noite anterior num dos quartos junto da praia, que eram simples.

Quando ficamos a sós, fui com ela até o banheiro. Ela tirou uma loção do estojo de maquiagem e derramou uma pequena quantidade num chumaço de algodão. Lentamente passou o algodão pelo rosto.

"Você era o número sete", comentei.

"Só foram quatro."

"Você teria voltado sozinha? Ou ia ficar no aeroporto?"

"Estou com muito pouco dinheiro. Não estava esperando por isso."

"Eles não têm computador."

"Eu saí. Liguei do hotel onde estava. Tem mais de uma lista. Duas vezes eles não conseguiram achar meu nome em lugar nenhum. E não tem como saber quando o voo é cancelado."

"O avião não vem."

"É verdade", ela concordou. "O avião não vem e você entende que saiu por nada."

Segurei o rosto dela com as duas mãos.

"Isto é nada?"

"Não sei."

"Você sente."

"Sinto, sim."

Ela entrou no quarto e sentou-se na cama. Depois voltou a vista para a porta, olhando para mim — uma avaliação adiada. Depois de um período do que parecia ser silêncio absoluto, percebi o ruído suave de ondas quebrando e me dei conta de que estivera ouvindo aquele som o tempo todo, o oceano, água movente a deslizar e quebrar. Sem tirar os olhos de mim, Christa estendeu o braço para trás em direção à sua mala, que estava no meio da cama, e tateando procurou os cigarros.

"Como é que você está de dinheiro?", perguntei.

"Cem dólares do Caribe Oriental."

"Menos de duas idas e voltas do aeroporto."

"É engraçado, não? É assim que temos que contar o dinheiro."

"Você dormiu essa noite?"

"Não", ela respondeu.

"Ventou demais. Não parava de ventar. Ventou até o amanhecer. Eu adoro ouvir e sentir esse tipo de vento. Morno, quase quente. Chegou a dobrar as árvores lá fora. Dava pra ouvir o vento nas árvores. Aquele som pesado, de tudo sendo espalhado."

"Ouvindo aquele barulho e sentindo a força do vento, não podia acreditar que estava quente."

Quando tudo é novo, os prazeres são superficiais. Constatei que me dava uma satisfação misteriosa pronunciar o nome dela em voz alta, recitar as cores de seu corpo. Cabelo e olhos e mãos. A neve fresca dos seios. Absolutamente nada parecia banal. Eu tinha vontade de fazer listas e classificações. Simples, básico, verdadeiro. A voz dela era suave e sutil. Os olhos eram tristes. A mão esquerda tremia às vezes. Era uma mulher que tivera problemas na vida, um casamento desastroso que deixara marcas, talvez, ou uma amiga querida que havia morrido. A boca era sensual. Ela inclinava a cabeça para trás de leve quando estava à escuta. O tom de castanho do cabelo era comum, com laivos grisalhos, pequenos toques ou lampejos, que pareciam surgir e sumir com as variações da luminosidade.

Tudo isso eu disse a ela, e mais ainda, descrevendo de modo detalhado a maneira exata como a via, e Christa parecia contente com essas atenções.

Passamos a manhã na cama. Depois do almoço fiquei flutuando na piscina. Christa deitou-se à sombra, nua, recuando cada vez que a linha do sol atingia seu cotovelo ou encostava em seu calcanhar rosado.

"Temos que começar a pensar", disse ela. "Tem o voo das cinco."

"Não estamos nem mais na lista de espera. Viemos pra cá sem pedir que eles avançassem nossos nomes na lista. Sem chance."

"Preciso ir embora."

"Eu ligo depois. Dou os nossos nomes. Vamos ver quais os números que eles vão nos dar. A gente pode ir amanhã. Amanhã são três voos."

Ela enrolou-se numa toalha grande e sentou-se na escadinha do pátio. Claramente, queria dizer alguma coisa. Permaneci em pé no fundo da piscina, com a água à altura do peito.

Era o quarto dia em que ela tentava sair da ilha. Estava começando a ficar muito assustada nas últimas vinte e quatro horas. O calvário no aeroporto, disse ela, fizera-a sentir-se impotente, patética, perdida. A maneira estranha de falar das pessoas. O dinheiro cada vez mais curto. As viagens de táxi pela serra. A chuva e o calor. E a tensão, a tensão sombria, o tom ou atmosfera ínsita, a lógica infausta do lugar. Era como um sonho, um pesadelo de isolamento e imobilidade. Ela precisava ir embora da ilha. Teríamos aquelas horas juntos. Aquele episódio, como ela dizia. Mas depois eu teria de ajudá-la a ir embora.

A toalha branca dava-lhe um ar solene. Afundei e emergi algumas vezes na água. Depois saí da piscina e entrei no quarto para telefonar para a companhia de aviação. O homem disse que não tinha nenhum registro dos nossos nomes. Repliquei que tínhamos passagens válidas e expliquei-lhe algumas das dificuldades que havíamos tido. Ele disse para voltarmos às seis da manhã. Todos nós estaríamos mais informados então.

Jantamos na suíte. Com um lápis esbocei o perfil de Christa no verso de um guardanapo de linho. Levamos a sobremesa para o jardim. Fiz outro esboço dela, agora de corpo inteiro, no papel de carta do hotel. O oceano. A extensão da costa.

"Você pinta, é?"

"Eu escrevo."

"Ah, escritor?"

"O que é isso que tem esse cheiro fantástico? É jasmim? Eu queria saber os nomes."

"É muito agradável, um jardim."

"Além de ter que sair da ilha, você tem que estar em algum lugar num dia específico?"

"Preciso ir a Barbados e de lá a Londres. Tem pessoas que vão encontrar comigo."

"Pessoas à sua espera."

"É."

"Num jardim inglês."

"Em dois cômodos pequenos, com bebês chorando."

"Você sorri. Ela sorri."

"Isso é uma coisa extraordinária."

"Um sorriso secreto, esse sorriso dela. Profundo e íntimo. Mas envolvente ao mesmo tempo."

"Ninguém vê isso há anos. Meu rosto dói de fazer assim."

"Christa Landauer."

Um homem trouxe conhaque. Christa trajava um roupão velho. O céu noturno estava límpido.

"Você quer passar despercebida", disse eu.

"Como você vê isso?"

"Você quer ser indistinta. Vejo isso de maneiras diferentes. As roupas, o jeito de andar, a postura. O rosto, acima de tudo. Seu rosto estava diferente há não muito tempo, disso eu tenho certeza."

"O que mais sabemos um sobre o outro?"

"O que vemos."

"Tocamos. O que tocamos."

"Fale em alemão", pedi.

"Por quê?"

"Eu gosto de ouvir."

"Você conhece a língua?"

"Quero ouvir o som. Gosto do som do alemão. É heavy metal. Eu sei dizer oi e até logo."

"Só isso?"

"Fale naturalmente. Diga qualquer coisa. Puxe uma conversa."

"Vamos ser alemães na cama."

Ela estava sentada com uma perna apoiada numa cadeira, por fora do roupão, segurando a taça de conhaque e o cigarro com a mesma mão.

"Você está ouvindo?"

"O quê?"

"Presta atenção."

"As ondas", disse ela.

Depois de algum tempo entramos no quarto. Vi-a andar até a cama. Ela tirou um travesseiro do lugar e deitou-se, olhando diretamente para cima, um dos braços pendendo para fora da cama. Com o indicador bateu a cinza do cigarro no chão. A fumaça subia ao longo de seu braço. Mulheres em posições aleatórias, mulheres folgando, sempre despertaram em mim um prazer forte, mulheres descansando descuidadas, e eu sabia que aquela imagem de Christa se tornaria com o tempo uma lembrança recorrente, os olhos abertos e muito remotos, as profundezas do silêncio em seu rosto, o roupão esfarrapado, a cama desfeita, a sensação de reflexão pensativa que ela transmitia, de solidão e lonjuras severas, a fumaça que subia ao longo de seu braço, parecendo grudar-se a ele.

Telefonei para a recepção. O homem disse que mandaria alguém trazer o café da manhã às quatro e meia, e que Rupert estaria esperando lá fora em seu táxi às cinco.

O vento começou de repente, chacoalhando as persianas e atravessando o quarto, papéis voando, as cortinas levantando-se. Christa apagou o cigarro e a luz.

Quando abri os olhos, muito tempo depois, a luminária da mesa estava acesa e ela, de robe, lia uns papéis. Tentei encontrar meu relógio de pulso. A porta e as persianas estavam fechadas, mas eu ouvia a chuva caindo.

"Que horas são?"

"Vá dormir."

"Nós não ouvimos quando chamaram?"

"Ainda tem tempo. Eles vão tocar a campainha do portão. Ainda temos uma hora."

"Quero você do meu lado."

"Preciso terminar", disse ela. "Dorme."

Consegui me apoiar num cotovelo.

"O que é que você está lendo?"

"Trabalho. É muito chato. Você não vai se interessar. A gente não faz perguntas, eu e você. Você está quase dormindo, senão nem perguntava."

"Você vem se deitar daqui a pouco?"

"Vou, daqui a pouco."

"Se eu dormir, você me acorda?"

"Acordo."

"Pode abrir a porta um pouquinho, pra gente sentir o ar?"

"Claro", disse ela. "Como quiser."

Voltei a deitar-me e fechei os olhos. Pensei naquelas ilhas de areia lá longe, dois dias num barco, e espuma brilhando nos recifes, e o tom verde das gaivotas vistas de baixo com o reflexo da água ensolarada.

Mais uma vez, mais uma vez, as árvores de folhas largas e as baixadas cobertas de mato cerrado, a estrada sinuosa subindo em meio a fumaça e chuva. Alguma circunstância da luminosidade daquela manhã em particular dava à paisagem uma coloração sutil. As distâncias não eram tão vívidas e vivas. Havia um único verde profundo, com nuanças elusivas. Estávamos já nas últimas etapas, na estrada havia cerca de quarenta e cinco minutos, e eu estava pensando que ainda podia mudar, algum composto meteorológico brutal poderia modificar o terreno, gerando textura e dimensão, saltos de luz verde, aqueles raios e tremulações, e aquela quase consciência que sempre julgamos encontrar em zonas cobertas de mato. Christa esfregou a mão no pescoço, sonolenta. Eu olhava o tempo todo para fora e para cima. No primeiro plano, ao longo da estrada, havia mulheres com saias desbotadas, surgindo em grupos de duas ou três, periodicamente, mulheres emergindo na luminosidade úmida, rostos ossudos, algumas com cestas na cabeça, olhando para nós, ombros jogados para trás, braços nus reluzentes.

"Desta vez vamos conseguir", disse Christa.

"Você está se sentindo com sorte."

"Não vamos nem esperar. Primeiro voo."

"E se isso não acontecer?"

"Nem pense nisso."

"Você volta comigo?"

"Não estou ouvindo isso."

"Ficar é uma loucura", disse eu. "Uma espera de sete ou oito horas. Vamos saber como está nossa situação. Vou perguntar tudo ao homem. O Rupert fica esperando por nós. Ele nos leva de volta ao hotel. A gente passa mais um tempo juntos. Depois volta. Pegamos o voo das duas, ou o das cinco, conforme estiver nossa posição. O importante agora é saber qual é a nossa posição."

Rupert ouvia o rádio, inclinando os ombros numa curva suave.

"Você gosta muito disso?", ela perguntou. "Vai e volta?"

"Gosto de flutuar."

"Isso não é resposta."

"Sério, eu gosto de flutuar. Tento flutuar um pouco toda vez que tenho uma oportunidade."

"Você devia voltar. Flutuar seis semanas."

"Sozinho, não", retruquei.

Ela estava com o mesmo vestido cinzento que usara na antevéspera, na estrada de terra à frente do terminal do aeroporto, quando virei e a vi mantendo uma distância discreta, o rosto contorcido pelo sol forte.

"Falta quanto tempo? Conheço este lugar."

26

"Uns minutos", respondi.

"Foi aqui que a gente quase saiu da estrada, na primeira vez, quando jorrou fumaça pela frente. Eu devia ter entendido na hora. Tudo ia dar errado até o fim."

"O Rupert não vai deixar que isso aconteça, não é, Rupert?"

"Vendo o carro todo sumir na fumaça", disse ela.

Olhei para ela e nós dois sorrimos. Rupert dava tapinhas no volante ao ritmo da música. Passamos por umas casas e começou a última subida.

Peguei a passagem de Christa e pedi que ela esperasse no táxi. A bagagem também ficaria no carro até que tivéssemos a certeza de que íamos poder embarcar. Havia algumas pessoas do lado de fora do terminal. Um homem atarracado, indiano ou paquistanês, estava parado ao lado da porta. Eu o vira perto do balcão na véspera, espremido na multidão, suando, com um blazer listrado. Havia agora alguma coisa nele, uma atitude introspectiva, uma tranquilidade quase lúgubre, que me compeliu a parar a seu lado.

"Estão dizendo que caiu", disse ele.

Não olhamos um para o outro.

"Quantas pessoas a bordo?"

"Oito passageiros, três tripulantes."

Entrei. Havia apenas duas pessoas no terminal, e o balcão estava vazio. Passei para o outro lado do balcão e abri a porta do escritório. Dois homens com camisas brancas estavam sentados um virado para o outro, cada um à sua escrivaninha, uma encostada na outra.

"É verdade?", perguntei. "Caiu?"

Eles olharam para mim.

"O voo de Trinidad. O das seis e quarenta e cinco. Destino a Barbados. Ele não caiu?"

"Voo cancelado", disse um deles.

"Lá fora estão dizendo que caiu na porra do mar."

"Não, não — foi cancelado."

"O que foi que aconteceu?"

"Não havia condições de decolagem."

"O vento", disse o outro.

"Eles tiveram uma série de problemas."

"Quer dizer que foi só cancelado", resumi, "e não foi nada sério."

"O senhor não telefonou. Tem que telefonar antes de vir aqui. Sempre."

"As outras pessoas telefonam", disse o segundo homem. "Por isso que o senhor está sozinho aqui."

Mostrei-lhes as passagens; um deles anotou nossos nomes e disse que imaginava que o avião chegaria a tempo de decolar às duas.

"Qual é a nossa posição na lista?", perguntei.

Ele me disse para telefonar antes de ir. Atravessei o terminal, agora vazio. O homem atarracado continuava parado ao lado da porta.

"Não caiu, não", disse eu.

Ele olhou para mim, pensando.

"Então está vindo?"

Fiz que não com a cabeça.

"O vento", expliquei.

Passaram crianças correndo. O táxi de Rupert estava estacionado numa pequena área aberta a uns trinta metros dali. Não havia ninguém ao volante. Quando me aproximei vi Christa no banco de trás, inclinando-se para a frente. Ela me viu e saltou, ficando à espera ao lado da porta aberta.

Seria melhor começar com o boato do desastre. Ela ficaria aliviada ao saber que não era verdade. Assim seria mais fácil aceitar o cancelamento.

Mas quando comecei a falar me dei conta de que nenhuma

tática funcionaria. Pouco a pouco seu rosto foi ficando inerte. Todos os seus eus implodindo. Ficou inacessível e absolutamente imóvel. Continuei dando explicações, sem saber que outra coisa eu poderia fazer, cônscio de que estava falando de modo ainda mais claro do que é de costume quando se fala com estrangeiros. Chovia um pouco. Tentei explicar que muito provavelmente íamos conseguir partir mais tarde ainda naquele dia. Eu falava de modo pausado e claro. As crianças passaram correndo. Os lábios de Christa mexeram-se, embora não dissesse nada. Ela passou por mim, afastando-me do caminho, e foi seguindo pela estrada com passos rápidos. Estava no meio da vegetação rasteira, atrás de um barracão feito de papel alcatroado, quando consegui alcançá-la. Desabou em meus braços, tremendo.

"Tudo bem", disse eu. "Você não está sozinha, não vai acontecer nada de mau, é só um dia. Tudo bem, tudo bem. Vamos ficar juntos, só isso. Mais um dia, só isso."

Eu a segurava por trás, falando bem baixinho, minha boca tocando na curva de sua orelha direita.

"Vamos ficar sozinhos no hotel. Praticamente os únicos hóspedes. Você pode descansar o dia todo sem pensar em nada, nada. Não importa quem você é, por que você está presa aqui, pra onde você está indo. Não precisa nem se mexer. É só ficar deitada na sombra. Sei que você gosta de se deitar na sombra."

Toquei-lhe o rosto de leve com as costas da mão, numa carícia insistente, uma bela palavra.

"Vamos ficar juntos. Você pode descansar e dormir, e à noite a gente toma um conhaque tranquilo, e vai se sentir melhor. Tenho certeza, certeza absoluta de que vai estar melhor. Você não está sozinha. Tudo bem, tudo bem. Vamos passar juntos essas horas finais, só isso. E você vai falar comigo em alemão."

Na chuva fina, caminhamos pela estrada em direção à porta aberta do táxi. Rupert estava ao volante, com sua medalha de prata no peito. O motor do carro estava ligado.

Momentos humanos na Terceira Guerra Mundial

Uma observação a respeito de Vollmer. Ele não define mais a Terra como um globo de biblioteca nem como um mapa que ganhou vida, como um olho cósmico a perscrutar o espaço profundo. Esta última foi sua tentativa mais ousada em matéria de imagística. A guerra mudou a maneira como ele encara a Terra. A Terra é terra e água, moradia de homens mortais, para usar os termos elevados do dicionário. Ele não a vê mais (com suas espirais de tempestades, oceanos brilhantes, exalando calor e névoa e cor) como uma oportunidade para comentários pitorescos, para ludismos ou especulações ociosas.

A duzentos e vinte quilômetros, vemos esteiras de navios e os aeroportos maiores. Icebergs, relâmpagos, dunas. Eu aponto para fluxos de lava e ciclones de núcleo frio. Aquela faixa prateada ao largo da costa da Irlanda, eu digo a ele, é um vazamento de petróleo.

Esta é minha terceira missão em órbita, a primeira de Vollmer. Ele é um gênio da engenharia, um gênio em matéria de comunicações e armamentos, e talvez em outros assuntos também. Como especialista da missão, contento-me em comandar. (A palavra *especialista*, no jargão do Comando do Colorado, quer dizer alguém que não se especializou em nada.) Nossa espaçonave foi projetada basicamente para reunir informações. A sofisticada técnica de combustão quântica nos permite realizar ajustes frequentes da órbita sem precisar disparar foguetes a cada vez. Enveredamos em trajetórias altas e largas, tendo toda a Terra como nossa luz psíquica, para inspecionar satélites não tripulados e potencialmente hostis. Descrevemos órbitas fechadas, tensas, realizamos observações íntimas de atividades ocorridas em trechos da superfície onde ninguém circula.

A proibição do uso de armas nucleares tornou o mundo um lugar seguro para a guerra.

Tento não ter pensamentos elevados nem submeter-me a abstrações vagas. Mas por vezes o impulso me domina. Uma órbita geocêntrica inspira estados de espírito filosóficos. Como resistir? Vemos o planeta por inteiro, temos um panorama privilegiado. Nas nossas tentativas de nos colocarmos à altura da experiência, caímos em meditações pomposas sobre temas como a condição humana. A pessoa sente-se *universal*, pairando acima dos continentes, vendo a borda do mundo, uma linha tão nítida quanto um arco descrito por um compasso, sabendo que basta virar um pouco para ver o crepúsculo sobre o Atlântico, plumas de sedimentos e camadas de algas, uma cadeia de ilhas brilhando sobre o mar escuro.

Digo a mim mesmo que é só uma paisagem. Quero encarar nossa vida aqui como algo corriqueiro, um arranjo doméstico, uma situação improvável mas viável, causada por uma escassez de residências ou por uma inundação ocorrida no vale com o degelo na primavera.

Vollmer faz a verificação rotineira dos sistemas e vai descansar em sua rede. Ele tem vinte e três anos, um rapaz com uma cabeça alongada e cabelo cortado rente. Fala sobre o norte de Minnesota enquanto retira objetos de seu kit de preferências pessoais, colocando-os sobre uma superfície adjacente coberta de velcro para examiná-los carinhosamente. Tenho um dólar de prata de 1901 no meu kit de preferências pessoais. Quase mais nada de importante. Vollmer tem fotos da sua formatura, tampinhas de garrafas, pedrinhas do quintal de sua casa. Não sei se foi ele próprio que escolheu essas coisas ou se elas lhe foram impingidas pelos pais, temerosos de que sua vida no espaço fosse pobre em matéria de momentos humanos.

Nossas redes são momentos humanos, imagino, se bem que não sei se era essa a intenção do Comando do Colorado. Comemos cachorros-quentes e biscoitos de amêndoas e passamos manteiga de cacau nos lábios rotineiramente antes de nos deitarmos. Usamos chinelos quando estamos diante do painel de disparo. O *training* de time de futebol americano que Vollmer usa é um momento humano. Tamanho GG, roxo e branco, malha de poliéster, com o número setenta e nove, número de homem grande, um número primo que não tem nada de especial, o *training* faz com que ele pareça ter ombros curvados e um corpo comprido demais.

"Eu ainda fico deprimido aos domingos", diz ele.

"E aqui tem domingo?"

"Não, mas lá tem, e eu ainda sinto o domingo. Sempre sei quando é domingo."

"Por que é que você fica deprimido?"

"A lentidão dos domingos. Tem alguma coisa na luminosidade, o cheiro de grama quente, o culto na igreja, os parentes endomingados que vêm fazer visita. O dia inteiro parece que não acaba nunca."

"Eu também não gostava dos domingos."

"Era um dia lento, mas não era uma lentidão de preguiça. Um dia comprido e quente, ou comprido e frio. No verão minha avó fazia limonada. Havia uma rotina. O dia inteiro era meio que planejado de antemão, e a rotina quase nunca mudava. Já a rotina em órbita é diferente. É prazerosa. Dá forma e substância ao nosso tempo. Aqueles domingos não tinham forma, mesmo a gente sabendo como ia ser, quem vinha à nossa casa, o que cada um de nós ia dizer. A gente sabia as palavras que iam sair da boca de cada pessoa antes mesmo que ela falasse. Eu era a única criança. As pessoas gostavam de me ver. Eu queria me esconder."

"O que é que você tem contra limonada?", pergunto.

Um satélite de gerenciamento de batalhas, não tripulado, acusa atividade de laser de alta energia no setor orbital Dolores. Pegamos nossos kits de laser e ficamos meia hora a examiná-los. O procedimento de irradiação é complexo, e como o painel só funciona quando operado por nós dois conjuntamente, temos que ensaiar as séries de medidas rotineiras com o máximo de cuidado.

Uma observação a respeito da Terra. A Terra é o domínio do dia e da noite. Ela contém uma variação racional e equilibrada, vigília e sono naturais, ou pelo menos é a impressão que se tem quando se está privado desse efeito de maré.

Foi por isso que o comentário de Vollmer sobre os domingos em Minnesota me pareceu interessante. Ele ainda sente, ou diz que sente, ou acha que sente, aquele ritmo inerentemente terreno.

Para quem se encontra a essa distância, é como se as coisas existissem em sua forma física específica a fim de revelar a simplicidade oculta de alguma verdade matemática poderosa. A Terra nos revela a beleza simples e tremenda do dia e da noite. Ela está aí para conter e incorporar esses eventos conceituais.

Vollmer, de short e tamancos com ventosas, parece um membro da equipe de natação de um colégio secundário, praticamente desprovido de pelos, um homem inacabado que não se dá conta de que está exposto a um exame implacável, não percebe que não tem recursos, parado com os braços cruzados num lugar de vozes que ecoam, cheio de emanações de cloro. Há em sua voz um toque de burrice. É uma voz direta demais, uma voz grave que vem do céu da boca, ligeiramente insistente, um pouco alta demais. Vollmer nunca fez nenhum comentário burro na minha frente. É só a voz dele que é burra, um timbre grave e nu de baixo, uma voz sem inflexões nem respiração.

Nosso espaço não é apertado. A cabine de pilotagem e as acomodações da tripulação foram bem projetadas. A comida varia de razoável a boa. Temos livros, videocassetes, noticiários e música. Fazemos as verificações manuais, as verificações orais, os disparos simulados, sem nenhum sinal de tédio nem descuido. Realizamos nossas tarefas com competência cada vez maior. O único perigo é a conversa.

Tento manter as conversas num plano cotidiano. Faço questão de falar sobre coisas pequenas, rotineiras. Isso faz sentido para mim. Parece uma boa tática, dadas as circunstâncias, restringir nossas conversas a temas conhecidos, questões sem importância. Quero construir uma estrutura de trivialidade. Mas Vollmer cisma de levantar questões de grande vulto. Quer falar sobre guerra e armamentos bélicos. Quer discutir estratégias globais, agressões globais. Eu lhe digo, agora que ele parou de definir a Terra como um olho cósmico, que ele quer vê-la como um tabuleiro de jogo ou modelo de computador. Vollmer olha para mim com seu rosto franco e tenta me envolver num debate teórico: ataques seletivos a partir do espaço em oposição a confrontos prolongados e bem modulados em terra, mar e ar. Cita especialistas, menciona fontes. O que é que posso dizer? Ele comenta que as pessoas estão decepcionadas com a guerra. A guerra já está se arrastando há mais de duas semanas. Há um sentimento de que está emperrada, esgotada. É a conclusão que ele tira com base nos noticiários que recebemos periodicamente. Algo na voz do locutor sugere decepção, cansaço, um leve rancor a respeito de — *alguma coisa*. Vollmer provavelmente tem razão quanto a isso. Eu próprio já percebi esse tom de voz no locutor, no Comando do Colorado, muito embora nosso noticiário seja censurado, eles não dizem nada que achem que a gente não deva saber, na nossa situação especial, exposta e delicada. Lá a seu modo direto, aparentemente burro e misteriosamente perceptivo, o jovem Vollmer diz que as pessoas não estão curtindo esta guerra no mesmo grau em que as pessoas sempre curtem uma guerra, se nutrem de guerra, como uma intensificação, uma intensidade periódica. O que me incomoda é que Vollmer muitas vezes tem as mesmas convicções profundas que eu, aquelas que assumo com mais relutância. Vindo daquele rosto tranquilo, enunciadas por aquela voz séria, sonora e incessante, essas ideias me desanimam e me preocupam muito mais do que quando elas não são expressas. Quero que as palavras continuem secretas, apeguem-se a uma treva no interior mais íntimo. A franqueza de Vollmer expõe alguma coisa dolorosa.

Embora a guerra tenha começado há pouco tempo, já se percebem referências nostálgicas a guerras anteriores. Todas as guerras apontam para o passado. Navios, aviões, operações bélicas são batizados com nomes de batalhas antigas, armas mais simples, conflitos que nos parecem ter tido intenções mais nobres. Este recon-interceptor é chamado *Tacape II*. Quando estou sentado diante do painel de disparo, olho para uma foto do avô de Vollmer quando jovem, com um uniforme cáqui bem largo e um capacete raso, parado num campo vazio, com um fuzil preso ao ombro. Esse é um momento humano, e ele me faz lembrar que a guerra, entre outras coisas, é uma forma de saudosismo.

Atracamos à estação de comando, pegamos comida, trocamos cassetes. A guerra vai indo bem, eles nos dizem, embora provavelmente não saibam muito mais do que nós.

Em seguida nos separamos.

A manobra é perfeita, e eu me sinto feliz e satisfeito por ter retomado contato humano com a forma do mundo exterior mais próxima, ter trocado gracejos e insultos masculinos, trocado vozes, trocado notícias e boatos — rumores, mexericos, fofocas. Guardamos nosso estoque de brócolis e sidra e coquetel de frutas e pudim de caramelo. Tenho uma sensação de estar em casa, guardando os artigos que vêm em embalagens coloridas, uma sensação de bem-estar próspero, o conforto sólido do consumidor.

A camiseta de Vollmer ostenta a palavra INSCRIÇÃO.

"As pessoas tinham a esperança de que iam se envolver numa causa maior que elas", diz ele. "Achavam que iam compartilhar uma crise. Elas iam sentir que tinham um propósito em comum, um destino em comum. Como quando uma nevasca cobre uma cidade grande — mas uma dessas que duram meses, anos, envolvendo todo mundo, gerando solidariedade onde antes havia medo e desconfiança. Desconhecidos conversando, refeições à luz de vela quando falta energia elétrica. A guerra ia enobrecer tudo o que a gente diz e faz. O que era impessoal ia se tornar pessoal. O que era solitário ia virar solidário. Mas o que acontece quando a sensação de crise compartilhada começa a minguar muito mais depressa do que se esperava? A gente começa a achar que esse sentimento dura mais numa nevasca."

Uma observação a respeito dos ruídos seletivos. Quarenta e oito horas atrás, eu estava monitorando dados no console da missão quando uma voz interrompeu meu relatório para o Comando do Colorado. A voz não estava realçada, e vinha cheia de ruídos de estática. Verifiquei meus fones, verifiquei as chaves e as luzes. Segundos depois, o sinal de comando voltou e ouvi nosso oficial de dinâmica de voo me pedir que ligasse o frequenciador de sentidos redundante. Foi o que fiz, mas o efeito foi fazer com que a voz fraca retornasse, uma voz que continha um toque de pungência estranho, difícil de especificar. De algum modo eu julgava reconhecê-la. Não no sentido de que sabia quem estava falando. O que eu reconhecia era o tom, a qualidade tocante de algum acontecimento amoroso semiesquecido, apesar da estática, da névoa sonora.

Fosse como fosse, o Comando do Colorado retomou a transmissão segundos depois.

"Temos um desvio, Tacape."

"Entendido. Tem uma voz."

"Está dando muita oscilação aqui."

"Tem interferência. Acionei a redundância, mas acho que não está adiantando, não."

"Estamos esvaziando um quadro externo pra localizar a fonte."

"Obrigado, Colorado."

"Deve ser só ruído seletivo. Você está com vermelho negativo no quadrante da função escalonada."

"Era uma voz", eu disse.

"Acabamos de receber uma confirmação referente a ruído seletivo."

"Eu ouvi palavras, em inglês."

"Confirmando, ruído seletivo."

"Alguém estava falando, Colorado."

"O que você acha que quer dizer ruído seletivo?"

"Não sei o que é, não."

"Você está recebendo um vazamento de uma das naves não tripuladas."

"Se não é tripulada, como é que pode estar mandando uma voz?"

"Não é voz propriamente, não, Tacape. É ruído seletivo. Temos dados concretos de telemetria que provam."

"Parecia uma voz."

"É pra parecer uma voz, mesmo. Mas não é uma voz propriamente. É realçado."

"Não parecia estar realçado. Parecia humano sob vários aspectos."

"São sinais vazando da órbita geossíncrona. É esse o desvio. Você está recebendo códigos de voz de trinta e cinco mil quilômetros. É basicamente um boletim meteorológico. Vamos corrigir, Tacape. Enquanto isso, aconselhamos manter a redundância."

Cerca de dez horas depois, Vollmer ouviu a voz. Então ouviu duas ou três outras vozes. Eram pessoas falando, pessoas conversando. Ele gesticulou para mim enquanto ouvia as vozes, apontou para os fones, depois levantou os ombros, levantou as mãos separadas em sinal de espanto e perplexidade. No meio da barulheira (disse ele depois), não era fácil pegar o sentido geral do que estavam dizendo. A estática era frequente, as referências eram meio vagas, mas Vollmer comentou que as vozes eram muito emocionantes, mesmo quando o sinal era muito fraco. De uma coisa ele tinha certeza; não era ruído seletivo. Havia uma tristeza muito pura e doce vindo do espaço remoto. Ele não tinha certeza, mas achava que havia também um ruído de fundo que integrava a conversação. Risos. O som de pessoas rindo.

Em outras transmissões, já conseguimos reconhecer temas musicais, um locutor fazendo uma introdução, tiradas de humor e salvas de palmas, anúncios de produtos cujas marcas comerciais perdidas no tempo evocam a antiguidade dourada de grandes cidades enterradas na areia e em leitos de rios.

Sabe-se lá como, estamos recebendo sinais de programas radiofônicos de quarenta, cinquenta, sessenta anos atrás.

Nossa tarefa no momento é recolher dados visuais sobre deslocamentos de tropas. Vollmer está atracado com sua Hasselblad, absorto em microajustes. Há um deslocamento de estratos-cúmulos em direção ao mar. Brilho do sol e deriva litorânea. Vejo florações de plâncton num azul de tamanha riqueza oriental que mais parece um êxtase animal, uma mudança de coloração para exprimir uma forma de deleite intuitivo. À medida que se desenvolvem formações na superfície eu digo seus nomes, recitando-os. É o único jogo que jogo no espaço, recitar nomes de coisas da Terra, a nomenclatura dos contornos e estruturas. Erosão glaciar, pedras de morenas. Cones de estilhaçamento no entorno de um local de impacto com multianéis. Uma caldeira vulcânica ressurgente, um penhasco de borda ameada. Agora sobrevoando mares de areia. Dunas parabólicas, dunas estreladas, dunas retas com cristas radiais. Quanto mais vazio o território, mais luminosos e precisos os nomes de suas características físicas. Diz Vollmer que o que a ciência sabe fazer melhor é dar nomes às características do mundo.

Ele tem diplomas em ciência e tecnologia. Ganhou bolsas de estudo, foi o melhor aluno, foi assistente de pesquisa. Dirigiu projetos científicos, apresentou papers técnicos com aquela voz grave e séria que sai do céu de sua boca. Como especialista (generalista) da missão, às vezes irrito-me com suas percepções não científicas, seus lampejos de maturidade e avaliações equilibradas. Começo a me sentir ligeiramente redundante. Quero que ele se limite aos sistemas, comandos de bordo, parâmetros de dados. Suas percepções humanas me deixam nervoso.

"Estou feliz", diz ele.

Vollmer diz isso num tom natural e definitivo, e essa simples afirmação tem um impacto poderoso sobre mim. Na verdade, ela me assusta. Como assim, ele está feliz? A felicidade não é algo totalmente fora do nosso referencial? Como é que pode achar que é possível ser feliz aqui? Tenho vontade de dizer a ele: "Isto aqui é só um arranjo doméstico, uma série de tarefas mais ou menos rotineiras. Cumpra suas tarefas, realize seus testes, faça suas verificações". Tenho vontade de dizer: "Não pense no escopo da nossa visão, no plano geral, na guerra em si, na morte terrível. Não pense na noite que se estende sobre tudo, nas estrelas como pontos estáticos, como campos matemáticos. Não pense na solidão cósmica, no terror e no pavor que brotam de repente".

Tenho vontade de dizer: "A felicidade é uma coisa que não tem a ver com esta experiência, ou pelo menos não a ponto de a gente ter coragem de falar sobre ela".

A tecnologia do laser contém um núcleo de agouro e mito. Trata-se de uma espécie de pacote letal limpo, um feixe de fótons bem-comportados, uma coerência projetada, porém abordamos a arma cheios de preocupações e temores arcaicos na cabeça. (Deveria haver um termo para designar essa situação irônica: medo primitivo das armas que, com toda a nossa sofisticação, projetamos e produzimos.) Foi talvez por isso que os administradores do projeto tiveram ordens de elaborar um procedimento de disparo que dependesse da ação coordenada de dois homens — dois temperamentos, duas almas — operando os controles juntos. Medo do poder da luz, a matéria pura do universo.

Uma única mente doentia, num momento de inspiração, poderia achar que seria uma ideia libertadora apontar um feixe concentrado para um Boeing pesado e corcunda seguindo sua trajetória comercial a uma altitude de trinta mil pés.

Eu e Vollmer nos aproximamos do painel de disparo. O painel é disposto de tal modo que os dois operadores são obrigados a ficar sentados um de costas para o outro. O objetivo, embora o Comando do Colorado jamais tenha afirmado tal coisa, é evitar que um veja o rosto do outro. Colorado quer ter certeza de que um operador, principalmente quando está lidando com armamentos, não seja influenciado pelos tiques nervosos e perturbações do outro. Assim, estamos de costas um para o outro, amarrados a nossos bancos, prontos para começar, Vollmer com seu training novo roxo e branco e suas pantufas fofas.

Isto é apenas um teste.

Ligo a reprodução da gravação. Ao ouvir o comando dado por uma voz pré-gravada, cada um de nós insere uma chave modal em seu lugar apropriado. Juntos fazemos contagem regressiva a partir de cinco e então giramos as chaves um quarto de volta para a esquerda. Isso faz com que o sistema entre no chamado modo de mente aberta. Fazemos contagem regressiva a partir de três. A voz realçada diz: *Agora vocês estão de mente aberta.*

Vollmer fala para seu analista de espectrograma de voz.

"Código B de *bluegrass*. Pedido de autorização por identidade vocal."

Fazemos contagem regressiva a partir de cinco e então falamos em nosso analista de espectrograma de voz.

Dizemos a primeira coisa que passa por nossas cabeças. A ideia é apenas produzir um espectrograma que bata com o que está na memória do sistema. Desse modo, é possível garantir que os homens diante do painel são os que estão autorizados a estar ali, quando o sistema está em modo de mente aberta.

O que passa pela minha cabeça é isto: "Estou na esquina da rua 4 com a Main Street, onde há milhares de pessoas mortas por causas desconhecidas, os corpos queimados empilhados na rua".

Fazemos contagem regressiva a partir de três. A voz realçada diz: *Vocês estão autorizados a assumir a posição de engajamento.*

Viramos nossas chaves modais meia volta para a direita. Eu ativo o chip lógico e examino os números na minha tela. Vollmer desliga o analista de espectrograma de voz e nos coloca em ligação com a rede sensorial do computador de bordo através do circuito de voz. Fazemos contagem regressiva a partir de cinco. A voz realçada diz: *Agora vocês estão engajados.*

À medida que passamos de uma etapa para a seguinte, uma satisfação crescente se apossa de mim — o prazer de possuir habilidades exclusivas, secretas, uma vida em que cada respiração é regida por normas específicas, por padrões, códigos, controles. Tento não pensar nos resultados da operação, no objetivo dela, no produto dessas sequências de etapas precisas e esotéricas. Mas muitas vezes não consigo. Deixo entrar a imagem, penso o pensamento, chego mesmo a dizer a palavra às vezes. Isso é perturbador, naturalmente. Sinto-me ludibriado. Meu prazer se sente traído, como se fosse dotado de vida própria, uma existência infantil, ou ao mesmo tempo animal e inteligente, independente do homem sentado diante do painel de disparo.

Fazemos contagem regressiva a partir de cinco. Vollmer baixa a chave que aciona o disco de purgação do sistema. Meu marcador de pulso acende uma luz verde em intervalos de três segundos. Fazemos contagem regressiva a partir de três. Viramos as chaves modais três quartos de círculo para a direta. Eu ativo a sequência de raios. Viramos as chaves um quarto de círculo para a direita. Fazemos contagem regressiva a partir de três. O alto-falante toca uma música de *bluegrass*. A voz acentuada diz: *Agora vocês estão em modo de disparo.*

Examinamos nossos kits de mapas-múndi.

"Você não sente às vezes um poder dentro de você?", pergunta Vollmer. "Um estado extremo de saúde, sei lá. Uma saúde *arrogante*. É isso. Você se sente tão bem que começa a achar que é um pouco superior às outras pessoas. Uma espécie de força vital. Um otimismo sobre você mesmo, que é gerado quase que em detrimento dos outros. Você não sente isso às vezes?"

(Sinto, sim.)

"Deve ter um termo em alemão que quer dizer isso. Mas onde eu quero chegar é que esse sentimento poderoso é muito — sei lá — *delicado*. É isso. Um dia você sente, no dia seguinte de repente você se torna insignificante e condenado. Uma coisinha de nada dá errado e você se sente condenado, totalmente fraco e derrotado e incapaz de agir de modo poderoso, ou até mesmo sensato. Tirando você, todo mundo tem sorte, e você é um azarado, impotente, triste, incompetente e condenado."

(Sei, sei.)

Por acaso, estamos sobrevoando o rio Missouri, olhando em direção aos lagos Red de Minnesota. Vejo Vollmer examinar seu kit de mapas, tentando fazer com que os dois mundos se encaixem. É uma felicidade profunda e misteriosa, confirmar a precisão de um mapa. Ele parece satisfeitíssimo. Repete o tempo todo: "*Isso mesmo, isso mesmo*".

Vollmer fala sobre sua infância. Em órbita, ele começou a pensar nos seus primeiros anos de vida pela primeira vez. Fica surpreso ao constatar como são poderosas essas lembranças. Enquanto fala, mantém o rosto voltado para a janela. Minnesota é um momento humano. O lago Upper Red, o Lower Red. Vollmer claramente sente-se capaz de se ver lá. "Criança não faz caminhada", diz ele. "Não toma banho de sol nem fica sentada na varanda."

Ele parece estar dizendo que as vidas das crianças são tão bem providas que nelas não há lugar para aqueles períodos de existência reforçada de que nós, adultos, dependemos. Um pensamento bem ágil, mas que não deve ser levado adiante. Hora de preparar uma combustão quântica.

Ficamos ouvindo velhos programas de rádio. A luz se eleva e se espalha por toda a borda azul, aurora, pôr do sol, as grades urbanas na sombra. Um homem e uma mulher trocam comentários bem sincronizados, leves, sutis, irônicos. Há uma doçura na voz de tenor do jovem cantor, um vigor simples a que o tempo e a distância e os ruídos aleatórios emprestam eloquência e nostalgia. Cada som, cada cadência rítmica das cordas tem esse verniz de antiguidade. Vollmer diz que se lembra desses programas, embora claramente ele nunca os tenha ouvido antes. Que estranho acaso, que floreio ou dádiva das leis da física nos permite captar esses sinais? Vozes bem viajadas, cheias de recessos, densas. Por vezes têm o toque remoto e surreal das alucinações auditivas, vozes em sótãos, queixas de parentes mortos. Mas os efeitos sonoros são cheios de insistência e verve. Carros dobram esquinas perigosas, nítidas rajadas de balas enchem a noite. Havia, e há, uma guerra em andamento. Tempo de guerra para o detergente Duz e o cereal Grape-Nuts Flakes. Os comediantes fazem graça do modo de falar do inimigo. Ouvimos imitações histéricas de alemão, japonês de araque. As cidades estão iluminadas, os milhões de ouvintes, alimentados, confortavelmente reunidos em salas sonolentas, em guerra, enquanto a noite desce suavemente. Vollmer diz que relembra momentos específicos, as inflexões cômicas, o riso gordo do anunciante. Lembra-se de vozes individuais emergindo da risadaria geral da plateia do estúdio, a gargalhada de um comerciante de St. Louis, o uivo metálico de uma loura de ombros altos recém-chegada da Califórnia, onde as mulheres este ano usam penteados que são verdadeiros montes de feno aromáticos.

Vollmer anda pelo salão de cabeça para baixo, comendo um biscoito de amêndoas.

Às vezes ele sai flutuando de sua rede, dormindo em posição fetal, esbarrando nas paredes, fixando-se num canto da grade do teto.

"Um minutinho só que eu lembro o nome", diz ele dormindo.

Vollmer afirma que sonha com espaços verticais de onde ele olha, ainda menino, para — *alguma coisa*. Meus sonhos são desses pesados, de que é difícil despertar, emergir. São fortes o bastante para me empurrar de volta para a rede, densos o bastante para me deixar a cabeça pesada, uma sensação de estar drogado e inchado. Há episódios de gratificação sem rosto, vagamente perturbadores.

"Quando a gente pensa, quase não dá pra acreditar que essa

gente vive no meio de todo esse gelo e areia e montanhas cobertas de mato. Olha só", diz ele. "Desertos inóspitos enormes, oceanos enormes. Como é que eles aguentam essas coisas terríveis? Bastam as enchentes. Bastam os terremotos pra ser uma maluquice viver lá. Olha só essas falhas geológicas. São enormes, são tantas. Bastam as erupções vulcânicas. Tem coisa mais assustadora que uma erupção vulcânica? Como é que eles aguentam essas avalanches, entra ano, sai ano, com uma regularidade de enlouquecer? É difícil acreditar que tem gente vivendo lá. Bastam as enchentes. A gente vê essas extensões imensas sem cor, tudo inundado, debaixo d'água. Como é que elas sobrevivem, pra onde elas vão? Olha essas nuvens se formando. Olha aquela tempestade. E as pessoas que moram no caminho por onde vai passar uma tempestade dessas? Vai ventar que vai ser uma loucura. Bastam os relâmpagos. As pessoas vulneráveis nas praias, perto das árvores e dos postes telefônicos. Olha essas cidades, cravejadas de luzes que espalham para todos os lados. Tenta imaginar a criminalidade e a violência. Olha só aquela nuvem de fumaça baixa. Imagina só as doenças respiratórias! Loucura. Quem é que vai querer morar lá? Os desertos crescendo cada vez mais. A cada ano engolem mais terra fértil. Como são enormes essas extensões cobertas de neve. Olha só as frentes de tempestade monstruosas no oceano. Tem navios lá embaixo, alguns deles pequenos. Tenta imaginar as ondas, os barcos jogando. Bastam os furacões. Os tsunamis. Olha só essas comunidades litorâneas expostas a tsunamis. Tem coisa mais assustadora que um tsunami? Mas essas pessoas vivem lá, ficam lá. Ir pra onde?"

Tenho vontade de falar com ele sobre ingestão de calorias, a eficácia dos tampões de ouvido e dos descongestionantes nasais. Os tampões de ouvido são momentos humanos. A sidra e os brócolis são momentos humanos. Vollmer também é um momento humano, principalmente quando ele esquece que há uma guerra em andamento. O cabelo cortado rente e a cabeça alongada. Os olhos azuis suaves um pouco protuberantes. Os olhos protuberantes das pessoas que têm corpos alongados e ombros arredondados. As mãos e os pulsos compridos. O rosto brando. O rosto simpático de um faz-tudo que anda numa picape com uma escada afixada no teto e uma placa amassada, verde e branca, com o lema do estado embaixo do número. Esse tipo de rosto.

Ele se oferece para cortar meu cabelo. Pensando bem, cortar cabelo é um negócio interessante. Antes da guerra havia momentos do dia destinados a tais atividades. Houston não apenas tinha tudo programado com bastante antecedência como também constantemente nos monitorava, para receber um mínimo de feedback. Nós éramos conectados, gravados, visualizados, diagnosticados, medidos. Éramos homens no espaço, objetos merecedores da atenção mais escrupulosa, dos mais profundos sentimentos e ansiedades.

Agora estamos em guerra. Ninguém liga para o meu cabelo, para o que estou comendo, para o que acho da decoração da espaçonave, e não estamos mais em contato com Houston, e sim com o Colorado. Não somos mais espécimes biológicos delicados pairando num meio ambiente estranho. O inimigo pode nos matar com fótons, com mésons, com partículas carregadas, muito mais depressa do que qualquer deficiência de cálcio ou problema no ouvido interno, mais depressa do que qualquer chuva de micrometeoroides. As emoções mudaram. Deixamos de ser candidatos a um fracasso constrangedor, o tipo de erro ou acontecimento imprevisto que leva uma nação a se esforçar para encontrar uma reação apropriada. Como homens em guerra, sabemos muito bem que, se morrermos, vamos causar um sofrimento simples, os sentimentos espontâneos e confiáveis que as nações agradecidas sabem que sempre florescem nas cerimônias mais singelas.

Uma observação a respeito do universo. Vollmer está prestes a concluir que nosso planeta é o único em que existe vida inteligente. Somos um acidente que só ocorreu uma vez. (Que comentário a ser feito, numa órbita ovoide, para uma pessoa que não quer conversar sobre questões grandiosas.) Ele pensa assim por causa da guerra.

A guerra, diz, vai dar fim à ideia de que o universo pulula, como se diz, de vida. Outros astronautas contemplaram os pontinhos de luz das estrelas e imaginaram possibilidades infinitas, mundos em forma de cachos de uva fervilhando de formas superiores de vida. Mas isso foi antes da guerra. Nossa visão está mudando neste exato momento, a minha e a dele, diz, enquanto deslizamos pelo firmamento.

Será que Vollmer tem razão quando afirma que o otimismo cósmico é um luxo reservado para os intervalos entre as guerras mundiais? Será que projetamos nosso fracasso e nosso desespero de agora nas nuvens de estrelas, na noite infinita? Afinal de contas, Vollmer pergunta, onde estão elas? Se existem, por que é que não há nenhum sinal, um único sinal, o menor indício que pudesse dar esperança a pessoas sérias, um cochicho, um pulso de frequência de rádio, uma sombra? A guerra nos diz que acreditar nisso é bobagem.

Nossos diálogos com o Comando do Colorado estão começando a parecer conversa fiada gerada pelo computador. Vollmer tolera o jargão do Colorado só até certo ponto. Ele se indigna com as locuções mais degradadas, e não se incomoda de dizer isso a eles. Por que, então, se eu concordo com ele quanto a isso, estou começando a me irritar com as queixas dele? Será que Vollmer é jovem demais para defender o idioma? Tem bastante experiência, status profissional, para repreender nosso oficial de dinâmica de voo, nosso oficial de paradigma conceptual, nossos consultores de gestão de resíduos e opções de zonas de evasão? Ou será outra coisa totalmente diferente, algo que nada tem a ver com o Comando do Colorado e nossas comunicações com ele? Será o som da voz de Vollmer? Será apenas a *voz* dele que está me enlouquecendo?

Vollmer entrou numa fase estranha. Ele agora passa o tempo todo à janela, olhando para a Terra lá embaixo. Fala pouco ou fica calado. Só quer olhar, nada mais que olhar. Os oceanos, os continentes, os arquipélagos. Estamos configurados no que é chamado de série de órbitas cruzadas, de modo que giramos em torno da Terra em trajetórias que não se repetem. Ele fica sentado, olhando. Come à janela, verifica as listas de tarefas à janela, quase sem olhar para as folhas de instruções enquanto sobrevoamos tempestades tropicais, queimadas, grandes pastagens. Fico aguardando que ele retome seu hábito de antes da guerra, de usar expressões insólitas para descrever a Terra: uma bola de praia, uma fruta amadurecida pelo sol. Mas ele fica só olhando pela janela, comendo biscoitos de amêndoas, enquanto o papel que embrulhava os biscoitos flutua a seu redor. A vista claramente preenche sua consciência. É poderosa o bastante para calá-lo, para silenciar a voz que sai do céu de sua boca, para deixá-lo sentado de lado em sua cadeira, numa posição desconfortável, por horas a fio.

A vista é uma fonte inesgotável de gratificação. É como a

49

resposta a toda uma vida de perguntas e anseios vagos. Ela satisfaz toda a curiosidade infantil, todo o desejo silenciado, todas as facetas de Vollmer, de cientista, poeta, profeta primitivo, contemplador de fogo e de estrelas cadentes, todas as obsessões que absorvem o lado noturno de sua mente, todos os anseios doces e sonhadores que ele sentiu na vida por lugares distantes sem nome, todo e qualquer sentimento telúrico que ele tenha, o pulso neural de alguma consciência mais selvagem, uma empatia pelos animais, toda e qualquer crença numa força vital imanente, o Senhor da Criação, quaisquer ideias secretas da unidade da espécie humana, todo e qualquer desejo e esperança singela, tudo o que há de excessivo e insuficiente, tudo ao mesmo tempo e pouco a pouco, toda e qualquer ânsia ardente de fugir da responsabilidade e da rotina, fugir de sua própria especialização excessiva, o eu circunscrito e ensimesmado, todo e qualquer resquício de seu desejo infantil de voar, seus sonhos de espaços estranhos e altitudes estonteantes, suas fantasias de uma morte feliz, toda e qualquer tendência indolente e sibarítica — comedor de lótus, fumante de ervas, contemplador do espaço com olhos azuis — tudo isso é satisfeito, tudo se reúne e comprime naquele corpo vivo, a vista que ele vê da janela.

"É tão interessante", ele diz por fim. "As cores, e tudo."

As cores, e tudo.

PARTE II

O corredor (1988)
A acrobata de marfim (1988)
O anjo Esmeralda (1994)

O corredor

O corredor fez a curva devagar, vendo patos se reunirem perto da ponte para pedestres onde uma garota espalhava migalhas de pão. A pista seguia aproximadamente o contorno da lagoa, traçando meandros entre as árvores. O corredor escutava sua própria respiração ritmada. Era jovem e sabia que podia correr mais depressa, mas não queria estragar a sensação de esforço suave ao entardecer, todos os rumores e ruídos do dia a se escoar num fluxo constante de suor.

Os carros deslizavam pela avenida. A garota pegava fragmentos de pão que lhe dava o pai e jogava-os por cima do parapeito, mantendo a mão espalmada como se estivesse sinalizando o número cinco. O corredor diminuiu a velocidade ao entrar na ponte. Havia duas mulheres trinta metros à sua frente, andando por uma pista que levava à rua. Um pombo atravessou a grama com passos rápidos quando o corredor se aproximou, inclinando o corpo na curva. O sol estava entre as árvores do outro lado da avenida.

Ele havia percorrido um quarto da pista do lado oeste da

lagoa quando um carro saiu do asfalto, subindo no gramado. Uma brisa soprou, e o corredor levantou os braços, sentindo o ar entrar em sua camiseta. Um homem saltou do carro, apressado. O corredor passou por um casal de velhos sentado num banco. Eles estavam juntando os cadernos de um jornal, preparando-se para ir embora. As salgueirinhas estavam começando a florescer ao longo da margem do lago. Ele pensou em dar mais quatro voltas, chegando quase ao limite de sua resistência. Havia uma turbulência lá atrás, olhando por cima do ombro direito, um salto para outro nível. Olhou para trás enquanto corria, e viu o casal de velhos se levantar do banco, sem se dar conta de nada, e então o carro parado no gramado, fora do lugar, e uma mulher em pé sobre uma toalha olhando em direção ao carro, as mãos levantadas, emoldurando o rosto. Ele virou-se para a frente e passou pela placa que avisava que o parque fechava quando o sol se punha, embora não houvesse portões, nenhuma maneira eficaz de impedir que as pessoas entrassem. O fechamento do parque era algo puramente mental.

O carro era velho, cheio de contusões, o para-lama traseiro direito pintado de um tom de cobre à prova de ferrugem, e então o corredor ouviu os estampidos em staccato do cano de escape quando o carro deu a partida e saiu.

O corredor contornou a extremidade sul da lagoa, olhando para dois garotos de bicicleta para ver se seus rostos davam algum sinal do que estava acontecendo. Os garotos passaram por ele, um de cada lado, e dos fones de um deles vazou um pouco de música. Ele viu a garota e o pai na extremidade da ponte. Uma linha de luz crespa roçou a superfície da água. O corredor viu que a mulher no gramado estava virada para o outro lado agora, olhando para a avenida, e havia três ou quatro pessoas olhando na mesma direção, e outras apenas levando seus cães para passear. Viu carros passando na avenida em direção ao norte.

A mulher era um vulto baixo e largo grudado à toalha. Ela virou-se para umas pessoas que vinham em sua direção e começou a chamá-las, sem compreender que sabiam que ela estava angustiada. Agora as pessoas estavam agrupadas em torno da toalha, e o corredor viu que tentavam acalmar a mulher com gestos. A voz dela era áspera e pastosa, gaga, ofegante, uma voz danificada. O corredor não conseguia entender o que ela dizia.

No início de uma pequena elevação, o caminho estava macio e úmido. O pai olhou para a elevação, com a mão estendida, virada para cima, e a garota escolheu pedaços de pão e virou-se para o parapeito. O rosto dela ficou tenso de antecipação. O corredor aproximou-se da ponte. Um dos homens perto da toalha desceu a pista e correu em direção aos degraus que davam na rua. Ele mantinha a mão no bolso para impedir que alguma coisa saísse dele. A garota queria que o pai olhasse para ela enquanto ela jogava os farelos na água.

Dez passos largos depois da ponte, o corredor viu uma mulher se aproximando dele numa trajetória angular. Ela tinha a cabeça inclinada, como um turista prestes a pedir uma informação. Ele parou, mas não por completo, virando-se pouco a pouco para que os dois pudessem continuar a encarar-se enquanto ele retrocedia lentamente na pista, as pernas ainda se movendo num ritmo de corrida.

Disse a mulher, num tom simpático: "Você viu o que aconteceu?".

"Não. Só vi o carro. Uns dois segundos."

"Eu vi o homem."

"O que aconteceu?"

"Eu estava saindo com a minha amiga que mora logo ali. Nós ouvimos o carro quando ele passou por cima do meio-fio. Meio que subiu no gramado. O pai salta e pega o menininho. Ninguém teve tempo de reagir. Eles entram no carro e vão embora. Eu só consegui dizer 'Evelyn'. Ela na mesma hora saiu procurando um telefone."

Agora ele estava correndo sem sair do lugar e a mulher chegou mais perto, uma mulher de meia-idade com um sorriso involuntário.

"Eu conheço você do elevador", disse ela.

"Como a senhora sabe que era o pai?"

"Isso vive acontecendo, não é? Eles têm filhos quando ainda não estão preparados. Não sabem no que estão se metendo. Aí é uma encrenca depois da outra. Depois se separam, ou então o pai tem problema com a polícia. Não é isso que a gente vê o tempo todo? Ele está desempregado, vive se drogando. Um dia resolve que tem direito de passar mais tempo com o filho. Quer guarda compartilhada. Fica uns dias pensando nisso. Aí vai falar com a mãe, os dois discutem e ele quebra a mobília. A mãe consegue uma medida cautelar. O pai não pode chegar perto do filho."

Eles olharam em direção à elevação, onde a mulher, em pé sobre a toalha, gesticulava. Outra mulher segurava alguns dos pertences dela, um suéter, uma bolsa de pano grande. Um cachorro saiu correndo atrás das gaivotas perto da pista, as gaivotas bateram asas e pousaram de novo em outro ponto mais adiante.

"Veja só o barrigão dela. Essas coisas vivem acontecendo, cada vez mais. Moças muito jovens. Elas não conseguem se conter. Estão predispostas a cair nessa. Você está morando no prédio há quanto tempo?"

"Quatro meses."

"Tem uns que já entram atirando. Nem são legalmente casados. Não dá pra achar que os pais se separam e tudo vai dar certo. Não é fácil criar um filho mesmo tendo recursos."

"Mas a senhora não tem como ter certeza, não é?"

"Eu vi os dois e vi o menino."

"Ela disse alguma coisa?"

"Nem deu tempo. Ele agarrou o menino e voltou pra dentro do carro. Acho que ela ficou totalmente paralisada."

"Tinha mais alguém no carro?"

"Não. Ele largou o menino no banco e foi embora. Eu vi tudo. Ele queria guarda compartilhada e a mãe disse que não." A mulher insistia, apertando a vista por causa do sol, e o corredor lembrou que já a vira uma vez na lavanderia, dobrando roupas com o mesmo olhar ofuscado.

"Está certo que a mulher está muito abalada", disse ele. "Mas não sei se eles eram ou não legalmente casados, ou separados, nem estou sabendo de medida cautelar."

"Quantos anos você tem?", ela perguntou.

"Vinte e três."

"Então você não sabe."

Ele surpreendeu-se com o tom de aspereza na voz dela. Corria sem sair do lugar, despreparado, suando em bicas, sentindo o calor elevar-se do peito. Um carro de polícia subiu o meio-fio e todas as pessoas em torno da toalha viraram-se para olhar. A mulher quase desabou quando o policial saltou do carro. Ele caminhou no seu ritmo tranquilo habitual em direção ao grupo. A mulher parecia querer cair, afundar na toalha e desaparecer. Um som brotou dela, uma desolação, e todos se aproximaram mais, estendendo as mãos.

O corredor aproveitou o momento para interromper o diálogo. Retomou sua corrida, tentando recuperar a rima entre passo e respiração. Passou um trem de serviço atrás das árvores do outro lado da lagoa, com um apito grave e animal. O corredor fez a curva larga da extremidade sul, intranquilo. Viu a garota seguindo o pai numa pista estreita que levava para fora do parque. Viu um segundo carro de polícia parado no gramado à sua esquerda, mais ao longe. O aglomerado estava se dispersando.

Ele passou pela ponte, tentando localizar a mulher com quem havia conversado. Os patos traçavam linhas sinuosas na água em direção aos farelos de pão espalhados. Mais duas voltas e pronto. Aumentou a velocidade, ainda tentando manter uma cadência. O primeiro carro de polícia saiu levando a mulher. O corredor viu que a outra extremidade da lagoa estava vazia agora, mergulhando numa sombra profunda. Fez a curva, sabendo que não devia ter interrompido a conversa de modo tão abrupto, mesmo tendo a mulher sido ríspida com ele. Um cone de trânsito destacava-se do trecho raso da lagoa. O corredor aproximou-se da ponte.

Após os primeiros passos da última volta, começou a subir a elevação, e foi lentamente diminuindo o ritmo, por fim caminhando. Um policial estava encostado na porta do carro, conversando com a última testemunha, um homem que estava de costas para o corredor. Carros passavam em alta velocidade, alguns já com os faróis ligados. O policial levantou a vista de seu caderno quando o corredor se aproximou.

"Desculpe interromper, seu guarda. Eu só estou curioso pra saber o que a mulher disse. Foi o marido dela, alguém que ela conhecia, que pegou o menino?"

"O que foi que você viu?"

"Só o carro. Azul, com um para-lama de outra cor. Quatro portas. Não vi as placas nem reparei na marca. Vi o homem só de relance, andando meio que agachado."

O policial voltou a olhar para o caderno.

"Era um desconhecido", informou o policial. "Foi a única coisa que ela disse pra nós."

O outro homem, a testemunha, havia se virado parcialmente, e agora os três formavam um círculo irregular, constrangido, em que ninguém olhava nos olhos de ninguém. O corredor sentiu que havia se metido numa rivalidade de dimensões delicadas. Acenou com a cabeça, para ninguém em particular, e retomou a pista em torno da lagoa. Recomeçou a correr, de um modo meio aleatório, batendo os cotovelos. Um grupo de gaivotas permanecia imóvel sobre a água. O corredor chegou ao final da corrida. Parou e curvou-se para a frente, com as mãos nas cadeiras. Depois de alguns instantes, começou a andar pela pista. O carro de polícia tinha ido embora, deixando marcas de pneus na grama, três grupos de curvas que formavam estrias de terra grossa. O corredor saiu do parque para a rua, atravessou a passarela e seguiu em direção a uma fileira de lojas iluminadas. Não deveria ter questionado a versão da mulher, por mais rígida e implacável que fosse. Ela só tivera a intenção de protegê-los a ambos. O que seria melhor acreditar, que fora o pai quem viera pegar o próprio filho ou um homem saído do nada, de um espaço onírico? O corredor procurou a mulher nos bancos à frente do prédio em que ambos moravam, onde muitas vezes as pessoas ficavam sentadas nas tardes quentes. Ela havia tentado estender o evento no tempo, torná-lo reconhecível. Você preferia acreditar num vulto aleatório, um homem além do imaginável? Encontrou a mulher sentada à sombra de um corniso numa área à direita da entrada.

"Procurei a senhora lá no parque", disse ele.

"Não consigo parar de pensar nessa história."

"Eu falei com um policial."

"Porque vendo a coisa acontecer, não consegui entender direito. Uma coisa tão maluca. Ver o menino nas mãos daquele homem. Acho que foi mais violento do que se tivesse havido um tiroteio. A pobre da mulher vendo a coisa acontecer. Como ela podia imaginar? Eu me senti tão impotente, tão estranha. Aí vi você chegando perto e pensei, preciso falar com alguém. Sei que falei bobagem."

"A senhora estava perfeitamente controlada."

"Eu estava aqui pensando que não tem como questionar os dados. O carro, o homem, a mãe, o menino. São as peças. Mas como é que elas se encaixam? Porque agora, depois que tive um tempo pra pensar, não tem explicação. É como se um buraco se abrisse no ar. Não faz o menor sentido. Essa noite não vou conseguir dormir, de jeito nenhum. Com essa coisa horrível, monstruosa."

"Ela identificou o homem. Era mesmo o pai. Ela deu os detalhes à polícia. Foi tudo quase exatamente como a senhora falou."

A mulher encarou-o cautelosa. De repente ele se viu tal como estava sendo visto, suado e ofegante, um personagem de caricatura, com um short laranja e uma camiseta regata rasgada e desbotada, e sentiu um distanciamento da cena, como se a estivesse assistindo escondido em algum lugar. A mulher exibia aquele sorriso estranho, doído. Ele recuou um pouco, depois se inclinou para trocar um aperto de mãos com ela. Foi assim que se despediram.

Ele entrou no saguão branco. O eco da corrida zumbia em seu corpo. Ficou esperando, numa névoa de cansaço e sede. O elevador chegou e a porta se abriu. Ele subiu sozinho, atravessando as entranhas do edifício.

A acrobata de marfim

Quando terminou, ela permaneceu parada na rua cheia, escutando o murmúrio denso de toda aquela gente falando. Ouviu a primeira explosão distante de buzinas na avenida. As pessoas examinavam umas às outras para comparar suas reações. Ela as via buscando rostos, sinais de que fulano ou beltrano estava bem. Percebeu que as luzes da rua estavam acesas, e tentou calcular há quanto tempo seu apartamento estava no escuro. Todos estavam falando. Ela ouvia as mesmas expressões sendo repetidas, parada com os braços cruzados sobre o peito, vendo uma mulher levar uma cadeira para um lugar apropriado. O som das buzinas atravessava as ruas. Gente saindo da cidade em fluxos radiais. Ela já estava pensando no próximo. Há sempre mais um, talvez muitos mais.

Os jogadores de cartas estavam parados à frente do café, alguns deles examinando um pedaço de alvenaria caído na calçada, outros olhando em direção ao telhado. Aqui e ali um rosto proeminente, um corpo virando-se devagar, procurando. Ela estava usando as mesmas roupas desde que a coisa começara, jeans e blusa e suéter leve, era noite e inverno, e um par de mocassins esquisitos que só usava dentro de casa. As buzinas aumentavam, numa espécie de grito, um pavor animal. O deus pânico, afinal, é grego. Ela pensou de novo e verificou que não tinha certeza se as luzes estavam mesmo apagadas. Havia mulheres paradas de braços cruzados, no frio. Ela caminhava pelo meio da rua, escutando as vozes, traduzindo as expressões mentalmente. Era igual para todos. Diziam as mesmas coisas e procuravam rostos. As ruas eram estreitas aqui, e havia gente dentro de carros estacionados, fumando. Aqui e ali uma criança correndo, abrindo caminho no meio da multidão, crianças agitadas na rua quando já era quase meia-noite. Ela pensou que talvez houvesse um brilho no céu, e subiu uma ladeira com degraus largos na calçada de onde se tinha uma vista do golfo. Tinha a vaga ideia de ter lido que às vezes há uma luz no céu logo antes ou logo depois de a coisa acontecer. Isso era apresentado como algo que não tinha explicação.

Depois de algum tempo, as pessoas começaram a voltar para dentro de casa. Kyle caminhou por três horas. Ela via os carros entrando nas grandes avenidas que levavam à serra e à costa. Os semáforos estavam apagados em certas áreas. As longas filas de carros, retorcidas e curvadas, avançavam muito devagar. Paralisia. Ocorreu-lhe que a cena lembrava alguma paisagem do nosso lado onírico, o que a cidade nos ensina a temer. Os carros buzinavam sem parar. O barulho se espalhava pelas ruas e culminava numa negação final em massa, numa desolação. Diminuiu após algum tempo, depois voltou a aumentar. Ela via pessoas dormindo em bancos e famílias reunidas em carros estacionados nas calçadas e nas faixas de concreto entre as pistas. Relembrou tudo o que já ouvira dizer sobre terremotos.

No seu bairro, as ruas agora estavam quase desertas. Kyle entrou no prédio onde morava e subiu a escada até o quinto andar. As luzes estavam acesas em seu apartamento, e havia cacos de terracota (só agora ela lembrava) espalhados no chão junto à estante. Rachaduras extensas ramificavam-se na parede oeste. Ela trocou os mocassins por sapatos de caminhar, vestiu um casaco forrado e apagou todas as luzes, menos a luminária junto à porta. Então se instalou no sofá entre um lençol e um cobertor, apoiando a cabeça num travesseiro de avião. Fechou os olhos e encolheu-se, cotovelos junto à cintura, mãos entrelaçadas entre os joelhos. Tentou obrigar-se a dormir, mas deu-se conta de que na verdade estava escutando atentamente, escutando a sala. Estava meio que flutuando fora do tempo, numa espiral mental, movida por pensamentos incompletos. Afundou num sono falso e depois voltou a escutar. Abriu os olhos. No relógio eram quatro e quarenta. Ouviu alguma coisa que parecia areia a derramar-se, uma poeira grossa escorrendo entre as paredes de prédios adjacentes. A sala começou a balançar, com um suspiro áspero. Mais alto, mais forte. Ela levantou-se e seguiu em direção à porta, andando um pouco agachada. Abriu a porta e ficou embaixo do lintel até que o tremor cessou. Desceu a escada. Dessa vez não encontrou vizinhos saindo à rua, enfiando os braços no casaco. As ruas permaneciam quase desertas, e ela concluiu que as pessoas não queriam se dar ao trabalho de fazer tudo de novo. Ficou vagando pelas ruas até bem depois de o dia raiar. Nos parques havia algumas fogueiras. As buzinas agora eram esporádicas. Kyle contornou seu prédio algumas vezes, e por fim sentou-se num banco perto da banca de jornal. Ficou vendo as pessoas chegarem à rua para começar o dia, procurando alguma coisa em seus rostos que indicasse como haviam passado a noite. Temia que tudo parecesse estar normal. Era terrível pensar que as pessoas eram capazes de retomar tranquilamente a rotina caótica de uma Atenas com os nervos em frangalhos. Não queria ser a única a pensar que alguma coisa havia mudado radicalmente. O mundo se reduzira a um lado de dentro e um lado de fora.

* * *

Foi almoçar com Edmund, seu colega na escolinha onde ela ensinava música a crianças das comunidades estrangeiras, do terceiro ao sexto ano. Ela estava ansiosa para saber de que modo ele reagira à situação, mas primeiro convenceu-o a comer ao ar livre, numa mesa encostada na fachada de uma lanchonete com muito movimento.

"A gente ainda pode morrer", disse Edmund, "se cair uma sacada em cima da gente. Ou então congelar nestas cadeiras."

"O que foi que você sentiu?"

"Parecia que o meu coração ia pular pra fora do peito."

"Que bom. Eu também."

"Saí correndo."

"Claro."

"Quando estava descendo a escada, eu tive uma conversa estranhíssima com o homem que mora em frente ao meu apartamento. Quer dizer, antes a gente quase nunca tinha trocado uma palavra. Tinha umas vinte pessoas descendo a escada em disparada. De repente ele cismou de conversar. Me perguntou onde eu trabalho. Me apresentou à mulher dele, que àquela altura do campeonato estava se lixando pros detalhes do meu trabalho. Quis saber se eu estava gostando de morar na Grécia."

O céu estava baixo e cinzento. As pessoas chamavam as outras pela rua, gritavam dos carros que passavam. *Eksi komma eksi.* Estavam se referindo ao primeiro, o mais forte. Seis vírgula seis. Kyle ouvira esse número sendo repetido a manhã inteira, pronunciado com reverência, ansiedade, orgulho amargo, um eco pelas ruas ressabiadas, uma forma de saudação fatalista.

"E depois?", ela perguntou.

"O segundo. Acordei logo antes."

"Você ouviu alguma coisa."

"Parecia uma criança jogando um punhado de areia na vidraça."

"Muito bom", disse ela.

"E aí começou."

"Começou."

"*Pof*. Saltei da cama que nem um maluco."

"As luzes se apagaram?"

"Não."

"E da primeira vez?"

"Sabe, não tenho certeza."

"Bom. Eu também não. Teve um brilho no céu alguma hora?"

"Se teve, eu não reparei."

"Isso pode ser um mito."

"Deu nos jornais que uma central elétrica pode ter pifado, daí o clarão. Quanto a isso, a coisa não está clara."

"Mas nós tivemos experiências parecidas."

"É o que parece", disse ele.

"Bom. Ainda bem."

Para ela, ele era o rapaz inglês, embora já tivesse trinta e seis anos, fosse divorciado, parecesse sofrer de artrite e nem fosse inglês de verdade. Mas ele entrava num êxtase inglês diante da luminosidade da Grécia, onde Kyle só via fumaça química erodindo as ruínas. E tinha o rosto sério e antiquado de um garoto posando para um retrato formal, cabelo espetado, ar pensativo.

"Onde foi o epicentro?", ela perguntou.

"A mais de sessenta quilômetros daqui."

"Mortos?"

"Treze, até agora."

"O que é que a gente vai fazer?"

"Em relação a quê?", ele perguntou.

"A tudo. Todos os tremores secundários."

"Já tivemos duzentos. Deve durar várias semanas. Leia os jornais. Talvez meses."

"Olha só, Edmund. Não quero ficar sozinha esta noite. Tudo bem?"

Ela vivia numa pausa. Vivia fazendo pausas, sozinha no apartamento, para escutar. Sua audição havia adquirido uma limpidez, um rigor discriminador. Ela estava sentada à mesinha onde fazia as refeições, escutando. A sala tinha mais de dez sons, em sua maioria perturbações de tom, pressões que diminuíam nas paredes, e ela os acompanhava e esperava. Havia um segundo nível, menos perigoso, que ela reservava para os ruídos da rua, o elevador subindo. Todo o perigo estava do lado de dentro. Um farfalhar. Um balançar leve. Ele acocorava-se no vão da porta, como uma criança da era nuclear. Os tremores penetravam seu fluxo sanguíneo. Ela escutava e esperava. Não conseguia dormir à noite e aproveitava momentos esparsos do dia, cochilando numa sala vazia na escola. Tinha pavor de voltar para casa. Olhava para a comida no prato e às vezes se levantava, ouvindo com atenção, pronta para partir, ir para o lado de fora. Devia haver algo de engraçado nessa cena, uma pessoa parada, em pé, diante do prato de comida, ligeiramente inclinada em direção à porta, as pontas dos dedos na beira da mesa.

É verdade que antes de um grande terremoto os cães e gatos fogem? Ela julgava ter lido em algum lugar que na Califórnia as pessoas costumam verificar regularmente os classificados pessoais nos jornais para ver se o número de cães desaparecidos aumentou muito. Ou seria aquilo um mito?

O vento fazia os postigos balançar e bater. Ela escutava os cantos da sala, as interfaces. Ouvia tudo. Deixou uma bolsa grande perto da porta para o caso de ter que sair de repente — dinheiro, livros, passaporte, cartas enviadas pela família. Ouviu o sino do afiador de facas.

Não leu os jornais, mas concluiu que os tremores secundários já eram mais de oitocentos e os mortos chegavam a vinte, havia entulho de hotéis e gente morando em barracas perto do epicentro e outras vivendo em áreas ao ar livre em alguns bairros de Atenas, porque seus prédios estavam ameaçados. Os jogadores de cartas não tiravam o casaco dentro do café. Ela passou pelas amoreiras podadas e atravessou a feira e olhou para a mulher que vendia ovos e pensou em algo a lhe dizer que fizesse com que as duas se sentissem melhor, falando seu grego bem razoável, pechinchando. Um homem segurou a porta do elevador, mas ela agradeceu com um gesto e subiu pela escada. Entrou em seu apartamento, escutando. Os toldos da varanda estavam inflados de vento, estalando ruidosamente. Ela queria que sua vida voltasse a ser episódica, impensada. Uma estrangeira anônima — andando com passos silenciosos, recolhendo informações, contentando-se com observações aleatórias. Queria ter conversas sem importância com avós e crianças nas ruas do bairro operário onde morava.

Ensaiava suas fugas mentalmente. Tantos passos da mesa para a porta. Tantos passos para a rua. Parecia-lhe que, se imaginasse a cena de antemão, talvez a coisa funcionasse melhor.

Gritou o homem da loteria: "Corre hoje, corre hoje".

Ela tentava ler nas noites tensas, os tempos de terror apatetado. Segundo os boatos, não eram tremores secundários, e sim prenúncios de alguma perturbação profunda da fossa continental, o acúmulo de uma força que haveria de percorrer a cidade de coração de mármore e reduzi-la a pó. Ela soerguia-se e virava as páginas, tentando disfarçar-se de uma pessoa que costumava ler quinze minutos todas as noites antes de adormecer com facilidade.

Não era tão ruim na escola, onde estava disposta a proteger as crianças, cobrir-lhes os corpos com o seu.

Os tremores viviam em sua pele e faziam parte de sua respiração. Ela fazia pausas enquanto comia. Um farfalhar. O vergar suave de um junco. Imóvel, em pé, ela escutava, sozinha com a terra que tremia.

Edmund disse-lhe que havia comprado um presente para ela, para substituir o enfeite de telhado de terracota que ficava apoiado contra a parede em cima da estante, folhas de acanto irradiando-se da cabeça de um Hermes sonolento, e que fora despedaçado no primeiro tremor.

"Você não vai sentir muita falta do seu Hermes, não. Afinal, ele está em tudo que é lugar, não é?"

"Era por isso que eu gostava dele."

"Você compra outro sem problema. Tem pilhas deles à venda."

"Mas vai cair e quebrar", ela argumentou, "quando vier o próximo."

"Vamos mudar de assunto."

"No momento, só tem um assunto. Esse é o problema. Antes eu tinha uma personalidade. E agora, o que é que eu sou?"

"Você tem que entender que passou."

"Eu estou reduzida ao instinto puro, irracional, canino."

"A vida continua. As pessoas estão seguindo em frente."

"Não estão, não. Não como antes. Só porque elas não andam por aí se lamuriando."

"Não tem por que se lamuriar. A coisa acabou."

"Não quer dizer que elas não estejam preocupadas. Foi há menos de uma semana. Tem tremores o tempo todo."

"Cada vez mais fracos", disse ele.

"Tem uns que não são tão fracos assim, não. Chegam mesmo a chamar a atenção."

"Muda de assunto, por favor."

Estavam junto à porta da escola, e Kyle observava um grupo de crianças entrando num ônibus para ir visitar um museu fora da cidade. Ela sabia que sempre conseguia irritar o rapaz inglês. Sob esse aspecto, ele era confiável. Kyle sempre sabia a posição que ele haveria de adotar e por vezes previa as palavras exatas, praticamente movendo os lábios em sincronia com os dele. O rapaz inglês dava um pouco de estabilidade àqueles tempos terríveis.

"Antes você era ágil."

"E olha como eu estou agora", disse ela.

"Pesadona."

"Eu uso roupa em camadas. Uso ao mesmo tempo uma roupa e uma muda de roupa. Pra estar sempre pronta."

"Eu não tenho dinheiro pra ter uma muda de roupa", disse ele.

"Eu não tenho dinheiro pra lavagem a seco."

"Eu fico me perguntando como foi que isso aconteceu comigo."

"Eu vivo sem geladeira, telefone, rádio, cortina de chuveiro e sei lá o que mais. Guardo a manteiga e o leite na sacada."

"Você é muito calada", ele observou então. "É o que todo mundo diz."

"Sou mesmo? Quem?"

"Aliás, quantos anos você tem?"

"Agora que a gente passou a noite juntos, é isso que você quer dizer?"

"A gente passou a noite. Exatamente. Uma noite inteira abraçadinhos conversando."

"Pois me ajudou. Foi importante, mesmo. Foi a noite crucial. Se bem que as outras não foram tão aconchegantes."

"Pode voltar quando quiser, você sabe. Eu fico pensando.

Uma moça ágil que vem correndo do outro lado da cidade pros meus braços."

As crianças acenavam para eles das janelas, e Edmund fez uma imitação de motorista de ônibus de olhos esbugalhados num trânsito infernal. Ela viu os rostinhos alegres se afastando.

"Você tem uma boa cor", ela comentou.

"O que é que isso quer dizer?"

"As suas faces são coradas e saudáveis. Meu pai dizia que se eu comesse legumes minhas faces iam ficar rosadas."

Ela esperou que Edmund perguntasse: e o que dizia a sua mãe? Então deram uma caminhada, fazendo hora até o início das aulas da tarde. Edmund comprou uma rosca de pão com gergelim e deu metade a ela. Para pagar a compra, abriu a mão cheia de moedas e deixou que o vendedor pegasse a quantia adequada. O gesto provava a todos que ele estava ali só de passagem.

"Você está sabendo dos boatos", disse ela.

"Bobagens."

"O governo está escondendo dados sísmicos."

"Não existe absolutamente nenhum indício científico de que vai haver um grande terremoto em breve. Leia os jornais."

Ela tirou o casaco volumoso e jogou-o sobre o ombro. Deu-se conta de que queria que ele a achasse um pouco boba, que era levada pelas emoções coletivas. Havia algo de tranquilizador em acreditar na pior hipótese, desde que fosse a tendência dominante. Mas não queria se submeter por completo. Caminhava se perguntando se não estaria arrancando de Edmund afirmações categóricas que ela pudesse usar contra si própria.

"Você tem vida interior?"

"Eu durmo", ele respondeu.

"Não estou falando nisso."

Atravessaram correndo um trecho da avenida onde os carros aceleravam ao máximo. Era uma sensação boa, sacudir-se e libertar-se de sua pele trêmula. Continuou correndo por meio quarteirão e então virou-se para vê-lo aproximar-se agarrando o peito e caminhando com passos trôpegos, como se estivesse fazendo graça para as crianças. Ele parecia um pouco livresco mesmo fazendo palhaçadas.

Estavam chegando ao prédio da escola.

"Eu queria saber como o seu cabelo ia ficar se você deixasse crescer."

"Não tenho dinheiro pra gastar em xampu", disse ela.

"Eu não tenho dinheiro pra ir ao barbeiro regularmente, falando sério."

"Eu vivo sem piano."

"E isso é um grande sacrifício em comparação com não ter geladeira?"

"Você faz essa pergunta porque não me conhece. Eu vivo sem cama."

"Sério?"

"Eu durmo num sofá de segunda mão. Com a textura de um casco de navio coberto de cracas."

"Então por que você não vai embora daqui?", ele perguntou.

"Não consigo economizar o bastante pra ir pra outro lugar, e pra voltar pra casa não estou preparada, de jeito nenhum. E, além disso, eu gosto daqui. Estou meio que exilada aqui, mas é mais ou menos voluntário. O problema agora é que a gente podia estar em qualquer lugar. A única coisa que importa é onde a gente está na hora que começar a tremer."

Então ele deu o presente, tirando-o do bolso do casaco e desembrulhando o papel sépia devagar, fazendo suspense. Era a reprodução de uma estatueta de marfim de Creta, uma mulher saltando um touro, o corpo retesado com precisão, os pés afilados chegando ao ponto mais alto da curva do salto mortal. Edmund explicou que a jovem estava saltando por cima dos chi-

71

fres de um touro feroz. Era uma cena comum na arte minoica, encontrada em afrescos, bronzes, sinetes de argila, anéis de sinete de ouro, taças cerimoniais. Na maioria das vezes é um rapaz, de vez em quando uma moça agarrando os chifres do touro e saltando, tomando impulso com o movimento de cabeça do animal. Edmund lhe disse que a estatueta de marfim original fora partida ao meio em 1926, e perguntou se ela queria saber por que isso havia acontecido.

"Não me diga. Quero adivinhar."

"Um terremoto. Mas a restauração foi tranquila."

Kyle pegou a estatueta.

"Um touro galopando a toda a velocidade? Isso é possível?"

"Não sou dado a questionar o que era possível três mil e seiscentos anos atrás."

"Não sei nada sobre os minoicos. Foi há tanto tempo assim?"

"Foi, e muito mais tempo atrás, até."

"Quem sabe o touro estava bem amarrado numa estaca."

"Isso nunca é mostrado", ele retrucou. "O touro é sempre grande, feroz, está correndo e atacando."

"A gente tem que acreditar que a coisa acontecia exatamente como os artistas mostravam?"

"Não. Mas eu acredito. E embora essa moça em particular não esteja acompanhada de um touro, com base na posição dela a gente sabe que é isso que ela está fazendo."

"Saltando por cima de um touro."

"Isso mesmo."

"E ela vai viver pra contar a história."

"Ela viveu. Ela está viva. Foi por isso que eu comprei isso pra você. Pra você se lembrar da sua agilidade oculta."

"Mas você é que é o acrobata", disse Kyle. "Você é que é todo flexível, que faz performance na rua."

"Pra você lembrar como você era leve e fluida."

"Você é que salta e estala os calcanhares."

"Na verdade, minhas juntas doem pra caramba."

"Olha só as veias na mão e no braço dela."

"Comprei baratinho no mercado de pulgas."

"Saber disso me faz sentir muito melhor."

"É a sua cara", disse ele. "Tem que ser você. Estamos de acordo quanto a isso? Olha só, pega. É o seu eu verdadeiro e mágico, produzido em massa."

Kyle riu.

"Esguia, ágil e jovem", ele prosseguiu. "Pulsando de vida interior."

Ela riu. Então o sinal da escola soou e eles entraram.

Ela estava em pé no meio da sala, vestida, só sem sapatos, desabotoando a blusa lentamente. Fez uma pausa. Passou o botão pela casa. Então ficou parada, pisando no chão de madeira, escutando.

Agora estavam dizendo que eram vinte e cinco os mortos, milhares os desabrigados. Algumas pessoas haviam abandonado prédios intactos, preferindo a segurança desconfortável da vida ao ar livre. Kyle entendia perfeitamente essa escolha. Naquela noite ela tinha conseguido pela primeira vez dormir razoavelmente, mas continuava a evitar os elevadores e os cinemas. O vento derrubava objetos soltos das sacadas dos fundos. Ela escutava e esperava. Imaginava-se fugindo da sala.

Descia enxofre do céu industrial, manchando as calçadas, e um professor da escola disse que era areia trazida da Líbia por aqueles belos ventos do deserto.

Ela estava sentada no sofá, de pijama e meias, lendo um livro sobre a flora local. As pernas estavam debaixo de um cobertor. Havia um copo d'água pela metade na mesa lateral. Seus olhos se desviaram da página. Faltavam dois minutos para a meia-noite. Ela fez uma pausa, olhando para a meia distância. Então ouviu a coisa começando, um ronco na terra, uma força se deslocando no ar. Ficou parada por um longo segundo, imersa em pensamentos, e em seguida jogou o cobertor para o lado. O momento explodia a seu redor. Ela correu até a porta e abriu-a, percebendo de modo impreciso o tremor dos abajures e alguma coisa úmida. Agarrou as bordas do alizar da porta e olhou para dentro da sala. Os objetos saltitavam. Ela formulou o pensamento categórico: *Este é o maior até agora*. A sala estava mais ou menos borrada. Dava a sensação de estar prestes a estilhaçar-se. Ela sentia o efeito nas pernas desta vez, uma sensação de esvaziamento, uma entrega suave a alguma doença. Era difícil de acreditar, difícil de acreditar que durava tanto tempo. Apertou o alizar com as mãos, procurando uma tranquilidade dentro de si própria. Quase conseguia ver uma imagem de sua mente, uma vaga oval cinzenta, flutuando pela sala. O tremor não parava. Havia nele uma raiva, uma exigência implacável. O rosto dela traía o esforço deformante de um halterofilista. Não era fácil entender o que estava acontecendo a seu redor. Ela não conseguia ver as coisas da maneira normal. Via apenas a si própria, a pele luminosa, esperando que o quarto se dobrasse sobre ela.

Então terminou, e Kyle vestiu umas roupas por cima do pijama e desceu a escada. Andava rápido. Atravessou o saguão pequeno correndo, roçando num homem que acendia um cigarro à porta. Pessoas saíam para a rua. Ela andou meio quarteirão e parou à margem de um grupo numeroso. Estava ofegante, os braços pendendo moles. Seu primeiro pensamento nítido foi o de que precisaria voltar para casa mais cedo ou mais tarde. Ouvia as vozes caindo a seu redor. Queria ouvir alguém dizer exatamente isso, que a crueldade existia no tempo, que estavam todos desprotegidos no fluxo do tempo. Ela disse a uma mulher que achava que um cano de água havia se partido em seu apartamento, e a mulher fechou os olhos e balançou a cabeça pesada. Quando terminaria aquela história toda? Ela disse à mulher que havia se esquecido de pegar sua bolsa antes de sair de casa apesar de tantos dias de planejamento cuidadoso, e tentou contar a história com um tom irônico, torná-la engraçada, levemente autozombeteira. Tem que haver alguma coisa engraçada a que a gente possa se apegar. Todos balançavam as cabeças. Por toda a rua havia pessoas acendendo cigarros. Já se passavam oito dias desde o primeiro tremor, oito dias e uma hora. Ela passou a maior parte da noite caminhando. Às três da madrugada parou na praça diante do Estádio Olímpico. Havia carros estacionados e dezenas de pessoas, e ela ficou a examinar os rostos e escutar. O tráfego passava lento. Havia um curioso estado de espírito ambíguo, uma solidão pensativa no centro de todo aquele falatório, a sensação de que as pessoas estavam um pouco distanciadas da ânsia de procurar companhia. Ela recomeçou a andar.

Tomando o café da manhã em seu apartamento às nove horas, sentiu o primeiro tremor secundário mais forte. O cômodo inclinou-se, pesado. Ela levantou-se da mesa, os olhos úmidos, e abriu a porta e ficou acocorada ali, segurando um pãozinho com manteiga.

Errado. O último sismo não era o mais forte na escala Richter. Era apenas seis vírgula dois.

E ela se deu conta de que não havia durado mais do que os outros. Era uma ilusão coletiva, segundo diziam na escola.

E a água que ela vira ou sentira não viera de um cano quebrado, e sim de um copo d'água que caíra da mesa ao lado do sofá.

E por que sempre acontecia à noite?

E onde estava o rapaz inglês?

O copo d'água estava intacto, mas a brochura sobre a flora local estava molhada e enrugada.

Ela subia e descia pela escada.

Ela mantinha a bolsa perto da porta.

Ela estava privada de sentimentos, pretensões, expectativas, texturas.

A coisa impiedosa era o tempo, a ameaça do avanço do tempo.

Ela estava privada de presunções, persuasões, complicações, mentiras, todos os entrelaçamentos de acordos que tornavam a vida possível.

Não entre em cinemas nem salas cheias de gente. Ela estava reduzida a categorias de sons, a advertências feitas a si própria e uma infinidade de introspecções.

Ela fazia pausas, sozinha, para escutar.

Ela imaginava-se saindo da sala de maneira sensata.

Ela procurava nos rostos das pessoas alguma coisa que lhe dissesse que a experiência delas era igualzinha à sua, chegando aos detalhes dos pensamentos mais estranhos.

Tem que haver alguma coisa engraçada nisso em algum lugar, alguma coisa que a gente possa usar para aguentar mais uma noite.

Ela escutava tudo.

Ela tirava cochilos rápidos na escola.

Ela estava privada da própria cidade. Podíamos estar em qualquer lugar, qualquer canto perdido de Ohio.

Ela sonhava com uma poça de efeméridas, coberta de flores caídas das árvores.

Use sempre as escadas. Escolha uma mesa perto da porta nos cafés e tabernas.

Os jogadores de cartas, imersos numa nuvem de fumaça,

faziam apenas os movimentos necessários, protegendo suas cartas, sérios.

Ela soube que Edmund estava no norte com uns amigos, visitando mosteiros.

Ela ouvia o ronco das motocicletas subindo a ladeira.

Ela examinava as rachaduras na parede oeste e falava com o senhorio, que fechava os olhos e balançava a cabeça pesada.

O vento provocava um farfalhar em algum lugar bem perto dela.

Ela passou a noite em claro com seu livro de páginas endurecidas pela água, tentando ler, tentando livrar-se da sensação de que estava sendo levada inevitavelmente para algum momento oscilante no tempo.

O acanto é um arbusto perene.

E tudo no mundo está ou do lado de dentro ou do lado de fora.

Kyle encontrou a estatueta um dia dentro de uma gaveta da escrivaninha da escola, em meio a pastilhas para a garganta e clipes, num escritório usado como sala de professores. Não se lembrava de tê-la colocado ali e sentiu o conflito costumeiro entre a sensação de vergonha e a tentativa de justificar-se atuando em seu sangue — um calor corpóreo vindo da acusação feita pelas coisas esquecidas. Pegou a estatueta, achando que havia algo de notável no salto limpo e aberto da mulher, na tensão detalhada dos antebraços e das mãos. Uma coisa tão antiga não deveria ter uma postura formal, uma rigidez? Havia nela um fluir suave. Mas, além dessa surpresa, não havia muito a saber. Ela não sabia nada sobre os minoicos. Não tinha certeza nem a respeito do material de que era feita a peça, que espécie de imitação leve de marfim. Ocorreu-lhe que havia deixado a estatueta na escrivaninha por não saber o que fazer com ela, como fixá-la ou apoiá-la. O corpo estava solto no espaço, sem apoios, sem uma posição fixa, e parecia que o melhor lugar para ele era a palma da mão. Estava parada no meio da saleta, escutando. Edmund dissera que a estatueta era parecida com ela. Kyle examinou-a, tentando extrair-lhe um mínimo de semelhança. Uma moça com uma tanga e faixas nos punhos, duas voltas de colar, suspensa sobre os chifres de um touro em movimento. O ato, o salto em si, podia ser tanto vaudeville quanto terror sagrado. Havia temas e segredos e histórias antigas naquela estatueta de quinze centímetros que ela não podia sequer imaginar. Ela revirava o objeto na mão. Todas as comparações fáceis se desfaziam. Ágil, jovem, fluida, moderna; touros a investir e terra a tremer. Não havia nada que a associasse à mente dentro da obra, um escultor trabalhando com marfim, no ano 1600 a.C., impelido por forças que lhe eram remotas. Ela lembrou-se do velho Hermes de terracota, coroado de flores, que a contemplava de um passado cognoscível, um teatro do ser compartilhado. Já os minoicos estavam fora de tudo isso. Esguia, graciosa, alheia — a estatueta estava perdida além de vales de idioma e magia, de cosmologias oníricas. Era esse o seu pequeno mistério. Era uma coisa em oposição, que definia o que Kyle não era, estabelecendo-lhe os limites do eu. Ela cerrou o punho que continha a peça, e pensou que a sentia pulsando contra sua pele, um pulso suave e periódico, telúrico.

Kyle estava imóvel, a cabeça inclinada, escutando. Os ônibus passavam, soltando fumaça de óleo diesel que entrava pelas frestas em torno da janela. Ela olhou para um canto da sala, em intensa concentração. Escutava e esperava.

Sua autoconsciência terminava onde a acrobata começava. Tendo se dado conta disso, pôs o objeto no bolso e passou a levá-lo onde quer que fosse.

O anjo Esmeralda

A velha freira levantou-se ao raiar do dia, sentindo dores em todas as juntas. Levantava-se ao raiar do dia desde seus tempos de postulante, rezava ajoelhada em soalhos de madeira de lei. Antes de mais nada levantou a persiana. Lá está o mundo, maçãzinhas verdes e doenças infecciosas. Faixas de luz atravessavam o quarto, banhando a textura da madeira num tom antigo e luminoso de ocre, um desenho e uma coloração tão profundamente prazerosos que ela foi obrigada a desviar a vista, para que não ficasse fascinada como uma menina. Ajoelhou-se nas dobras da camisola branca, tecido lavado incontáveis vezes, batido em água ensaboada, até ficar duro, cartilaginoso. E o corpo sob o pano, aquela coisa raquítica que ela arrastava pelo mundo afora, quase todo branco como giz, e mãos manchadas, de veias saltadas, e cabelos cortados rente, finos e grisalhos como o linho, e olhos azuis como o aço — houve tempo em que muitos meninos e meninas viam aqueles olhos nos sonhos. Ela fez o sinal da cruz, murmurando as palavras apropriadas. *Amém*, palavra antiga, remonta ao grego e ao hebraico, assim seja — tocando o peito para completar a cruz em forma de corpo. A mais breve das preces cotidianas, e no entanto garante três anos de indulgência, sete se você mergulhar a mão em água benta antes de marcar o corpo. A oração é uma estratégia prática, que permite ganhar uma vantagem temporária nos mercados de capitais do Pecado e da Remissão.

Fez sua oblação matinal e pôs-se de pé. Diante da pia esfregou as mãos repetidamente com um sabão pardo grosseiro. Como podem as mãos ficar limpas se o sabão é sujo? Essa era uma pergunta recorrente em toda a sua vida. Mas se você limpa o sabão com água sanitária, com que limpar a garrafa de água sanitária? Se você usar Ajax para limpar a garrafa, como limpar a caixa de Ajax? Os micróbios têm personalidade própria. Cada objeto contém ameaças de diversos tipos insidiosos. E as perguntas se sucedem, numa série infinita.

Uma hora depois ela estava de véu e hábito, sentada no banco do carona de um furgão preto que seguia para o sul, afastando-se do distrito da escola, passando pelo monstro de concreto da via expressa e chegando às ruas perdidas, um território de prédios queimados e almas sem dono. Grace Fahey dirigia, uma jovem freira com trajes seculares. Todas as freiras do convento usavam blusas e saias normais, menos a irmã Edgar, que tinha permissão da ordem para continuar usando os velhos trajes com nomes misteriosos, o véu, o cinto, o hábito. Ela sabia que circulavam histórias sobre seu passado, de que ela girava o rosário de contas grossas e acertava a boca dos meninos com o crucifixo de ferro. Naquele tempo as coisas eram mais simples. As roupas tinham várias camadas, a vida não. Porém Edgar parara de bater nos alunos havia muitos anos, mesmo antes de ficar velha demais para dar aula. Sabia que as irmãs trocavam cochichos sobre a sua severidade, deliciadas, com um misto de vergonha e admiração. Uma demonstração de poder tão escancarada vinda de uma mulherzinha com físico de passarinho e cheiro de sabão. Edgar parara de bater nas crianças quando o bairro mudou e o rosto dos alunos ficou mais escuro. Toda aquela indignação virtuosa desapareceu de sua alma. Como poderia bater numa criança que não era como ela?

"Esse calhambeque está precisando de uma regulagem", disse Gracie. "Está ouvindo o barulho?"

"Peça a Ismael pra olhar."

"Cá-cá-cá-cá."

"Ele é que entende do assunto."

"Eu sei regular o motor. Só não tenho as ferramentas."

"Não estou ouvindo nada", disse Edgar.

"Cá-cá-cá-cá? Não está ouvindo?"

"Acho que estou ficando surda."

"Vou ficar surda antes de você, irmã."

"Olhe só, mais um anjo na parede."

As duas mulheres olhavam para uma paisagem de terrenos baldios cobertos por anos de detritos estratificados — a era do lixo doméstico, a era do entulho das construções e de chassis de carros saqueados. Muitas eras representadas por camadas de lixo. Essa área era chamada de Santo pelos policiais, um termo jocoso que era uma abreviação de santuário de aves, termo que se referia, no caso, a um retalho de terra isolado da ordem social. Árvores e capim brotavam em meio aos objetos abandonados. Havia bandos de cães, gaviões e corujas eram avistados. Operários da prefeitura iam periodicamente escavar o lugar, o capuz de seus moletons aparecendo por baixo do capacete, e ficavam parados, desconfiados, junto às enormes máquinas de movimentar terra, as escavadeiras e buldôzeres sujos de lama cor de abóbora, como soldados de infantaria agrupados ao lado de tanques a avançar. Porém logo iam embora, sempre deixando buracos semiescavados, peças de equipamento jogadas fora, copos de isopor, pizzas de calabresa. As freiras contemplavam tudo isso. Era o hábitat de toda sorte de animal nocivo, com crateras cheias de pias e vasos sanitários e placas de gesso quebradas. Havia montes de pneus rasgados de onde brotavam trepadeiras viçosas. Ao entardecer, ouvia-se a música das balas ricocheteando nas paredes baixas dos prédios demolidos. De dentro do furgão, as freiras olhavam. Do outro lado dessa extensão havia um único prédio em pé, um cortiço decrépito com uma parede exposta onde outrora outro edifício se encostava. Era nessa parede que Ismael Muñoz e sua equipe de grafiteiros pintavam a spray um anjo comemorativo cada vez que uma criança morria no bairro. Anjos rosa e azuis cobriam cerca de metade da parede alta. O nome e a idade da criança eram escritos em balões de histórias em quadrinhos embaixo de cada anjo, às vezes junto com a causa da morte e comentários pessoais de familiares, e à medida que o furgão se aproximava Edgar ia lendo registros de tuberculose, aids, surras, balas perdidas, doenças do sangue, sarampo, negligência geral e abandono ao nascer — largada no lixo, esquecida num carro, deixada num saco plástico na noite de Natal.

"Por mim eles paravam com essa história de anjo", disse Gracie. "É de um mau gosto atroz. Quer anjo, vai numa igreja do século XIV. Essa parede só serve pra dar publicidade às coisas que a gente está justamente tentando mudar. O Ismael devia tentar mostrar as coisas positivas. As casinhas novas, os jardins comunitários que as pessoas cultivam. É só virar a esquina que tem gente normal indo pro trabalho, pra escola. Lojas e igrejas."

"Igreja Batista do Poder Titânico."

"É uma igreja, é uma igreja, qual o problema? O bairro está cheio de igrejas. Gente decente, trabalhadores. O Ismael quer pintar um painel? Então devia homenagear essas pessoas. Tem que ser positivo."

Edgar riu por dentro. Era o drama dos anjos que lhe dava a

impressão de que seu lugar ela ali. Era a morte terrível que aqueles anjos representavam. Era o perigo que os grafiteiros enfrentavam para fazer seu trabalho. Não havia escadas de incêndio nem janelas na parede dos anjos, e os grafiteiros tinham que fazer rapel em cordas amarradas no telhado, ou então equilibrar-se em andaimes improvisados quando faziam um anjo na parte de baixo. Ismael falava em arranjar outra parede só para grafiteiros mortos, com um sorriso depauperado no rosto.

"E ainda por cima o anjo é cor-de-rosa pra menina e azul pra menino. Isso é que me mata de raiva."

"Tem outras cores", disse Edgar.

"Tem, sim, as flâmulas que os anjos seguram. Umas faixas grandes no céu. Me dá ânsia de vômito."

Pararam no mosteiro para pegar a comida que iam distribuir entre os pobres. O mosteiro era um velho prédio de tijolo entalado entre dois cortiços condenados, com tábuas pregadas nas fachadas. Três monges de hábito cinza com cordas amarradas na cintura trabalhavam numa antessala, preparando as entregas do dia. Grace, Edgar e o irmão Mike carregaram as sacolas de plástico até o furgão. Mike era um ex-bombeiro que usava uma barba de palha de aço e um rabo de cavalo ralo. Visto de frente e de costas, parecia ser duas pessoas diferentes. Quando as freiras foram lá a primeira vez, ele se ofereceu para atuar como guia para elas, uma presença protetora, mas Edgar recusou a oferta com firmeza. Achava que seu hábito e seu véu lhe davam toda a segurança de que ela necessitava. Fora dessas ruas do sul do Bronx, as pessoas olhavam para Edgar e pensavam que ela existia fora da história e da cronologia. Mas em meio ao lixo e ao entulho Edgar era uma presença natural, ela e os monges com seus mantos. Que figuras poderiam ser mais apropriadas que aquelas, que trajes mais condizentes com ratos e pestes?

Edgar gostava de ver os monges na rua. Eles visitavam as pes-

83

soas que não podiam sair de casa, administravam um abrigo para os sem-teto; recolhiam comida para os que passavam fome. E eram homens num lugar onde restavam poucos homens. Garotos adolescentes em bandos, traficantes armados — eram esses os homens das ruas vizinhas. Edgar não sabia para onde teriam ido os outros, os pais, vivendo com a segunda ou a terceira família, escondidos em pensões ou dormindo debaixo de viadutos dentro de caixas de geladeiras, enterrados no cemitério de indigentes de Hart Island.

"Estou contando espécies de plantas", disse o irmão Mike. "Eu tenho um livro que levo quando vou aos terrenos baldios."

Perguntou Gracie: "Você não entra nos terrenos baldios não, não é?".

"O pessoal de lá me conhece."

"Quem é que conhece você? Os cachorros? Lá tem cachorro hidrófobo, Mike."

"Eu sou franciscano, é ou não é? Os passarinhos pousam no meu dedo."

"Não entra nos terrenos baldios, não", disse Gracie.

"Tem uma menina que eu vejo toda hora, deve ter uns doze anos, foge quando eu tento falar com ela. Tenho a impressão que está morando no meio daquelas ruínas. Se informem sobre ela."

"Deixa comigo", disse Gracie.

Tendo colocado os sacos no furgão, as duas voltaram para o Santo para encontrar-se com Ismael e recrutar membros de sua equipe para ajudá-las a distribuir os alimentos. O que elas faziam quando se encontravam com Ismael? Davam-lhe listas de lugares onde havia carros abandonados no norte do Bronx, principalmente à margem do rio Bronx, um dos sítios prediletos para abandonar carros roubados, sequestrados, semissaqueados, de tanque esvaziado, os vira-latas do reino automobilístico. Ismael mandava seu pessoal lá para aproveitar os chassis e as peças que ainda restassem. Usavam uma picape provida de um guincho que nem sempre funcionava, com a boleia, a carroceria e os para-lamas recobertos de grafites que tematizavam almas penadas no inferno. Os restos mortais dos carros eram levados para lá, para serem examinados e apreçados por Ismael, sendo então entregues a um ferro-velho nos cafundós do Brooklyn. Às vezes havia quarenta ou cinquenta carros canibalizados nos terrenos baldios, verdadeiras peças de museu — carros amassados e enferrujados, sem capô, sem porta, as janelas cheias de estrias escuras, como noites estreladas na serra.

Quando o furgão já se aproximava do prédio, Edgar tateou o cinto, presas ao qual ela levava suas luvas de látex.

Ismael tinha equipes que rodavam toda a cidade à procura de carros abandonados, principalmente nas ruas melancólicas debaixo de pontes e viadutos. Carros queimados, carros capotados, carros com cadáveres dentro embrulhados em cortinas de chuveiro, todos disponíveis para serem sucateados dentro dos limites da cidade. O dinheiro com que ele pagava as freiras pelo trabalho de localizar carros era repassado aos frades para comprar comida.

Gracie estacionou o furgão, o único veículo em estado operacional à vista. Passou em torno do volante uma corrente de aço forrada de vinil e encaixou a haste da tranca no lugar apropriado. Ao mesmo tempo, Edgar enfiou as mãos nas luvas de látex justas, sentindo a segurança secreta proporcionada pelas coisas sintéticas, plástico emborrachado aderente, um escudo contra as ameaças orgânicas, as erupções de sangue ou pus e as entidades virais ocultas, parasitas submicroscópicos envoltos em suas capas proteicas.

Alguns dos andares eram ocupados por posseiros. Edgar nem precisava vê-los para saber quem eram. Formavam uma civilização de indigentes que subsistia sem calefação, sem luz, sem

85

água. Eram famílias nucleares com brinquedos e animais de estimação, toxicômanos que andavam pelas ruas à noite com Reeboks de defuntos nos pés. Ela sabia quem eles eram por assimilação, através da ingestão das mensagens que permeavam as ruas. Obtinham alimentos catando e recolhendo, pegando latas no lixo, o tipo de gente que zanzava pelos carros do metrô com copos de papel nas mãos. E rameiras que pegavam sol nos telhados quando fazia bom tempo, e homens com mandados de prisão nas costas, acusados de imprudência criminosa e indiferença depravada e outras transgressões que pediam os circunlóquios vitorianos adotados pelos tribunais modernos porque combinavam com o madeiramento. E havia os que recebiam o Espírito Santo, disso ela sabia com certeza — um bando de carismáticos que pulavam e choravam no andar de cima, gritando palavras e não palavras, tratando feridas de faca com orações.

O quartel-general de Ismael ficava no terceiro andar. As freiras subiam a escada apressadas. Grace tinha uma tendência a olhar para trás a toda hora, desnecessariamente, para a freira mais velha, a qual sentia dores em todas as suas partes móveis, mas conseguia acompanhar o ritmo da outra muito bem, agitando seus hábitos farfalhantes.

"Agulhas no patamar", avisou Gracie.

Cuidado com as agulhas, contornar as agulhas, esses eficientes instrumentos da autodestruição. Gracie não conseguia entender por que motivo os viciados não faziam questão de usar agulhas limpas. Ela encheu as bochechas de indignação. Porém Edgar pensava no fascínio da danação, na mordidinha amorosa daquela libélula venenosa. Se você sabe que não vale nada, a única maneira de gratificar a sua vaidade é brincar com a morte.

Ismael estava descalço sobre as tábuas empoeiradas do assoalho, com calças velhas de algodão cáqui enroladas até a altura das panturrilhas e uma camisa colorida para fora das calças,

86

parecendo um cubano despreocupado, caminhando à beira de uma praia paradisíaca.

"E aí, irmãs, trouxeram alguma coisa pra mim?"

Edgar achava que ele era bem jovem apesar do ar de homem vivido, talvez trinta e poucos anos — barba rala, um belo sorriso atrapalhado pelos dentes podres. Os membros de sua equipe, fumando, não sabiam muito bem que imagem queriam passar. Ele mandou dois deles descerem para tomar conta do furgão e da comida. Edgar sabia que Gracie não confiava nesses garotos. Grafiteiros, saqueadores de carros, provavelmente praticantes de pequenos furtos, talvez coisa pior. Eram só rua, nada de casa nem escola. A principal queixa de Edgar dizia respeito à linguagem deles. Falavam um idioma incompleto, suave e abafado, com deficiência de sufixos, e ela tinha vontade de ensiná-los a pronunciar direito o gerúndio.

Gracie entregou a Ismael uma lista de carros vistos nos últimos dias. Detalhes de hora e local, tipo de veículo, estado de conservação.

Disse ele: "Vocês é que sabe trabalhar direito. Se o resto do meu pessoal era assim, a gente já dominava o mundo todo".

O que era que Edgar podia fazer, corrigir-lhes a gramática e a pronúncia? Garotos desnutridos, alguns sem pais, algumas claramente grávidas — havia no mínimo quatro moças na equipe. Na verdade, era justamente isso que ela tinha vontade de fazer. Tinha vontade de enfiá-los numa sala com um quadro-negro e doutriná-los em Ortografia e Pontuação, verbos transitivos, plural. Queria ensinar-lhes o Catecismo de Baltimore. Certo ou errado, sim ou não, preencher as lacunas. Ela havia tocado no assunto com Ismael e ele se esforçou por parecer interessado, fazendo que sim com a cabeça de modo enfático e murmurando, sem nenhuma sinceridade, que ia pensar na proposta.

"Eu pago da próxima vez", disse Ismael. "Tem umas coisas que eu estou fazendo que eu preciso de um capital."

"Que coisas?", perguntou Gracie.

"Estou bolando um jeito de botar calefação e eletricidade aqui, e fazer gato na tevê a cabo pra assistir aos jogos dos Knicks."

Edgar estava na outra extremidade da sala, junto a uma janela de frente do prédio, e viu alguém caminhando por entre os choupos e ailantos no mato mais fechado da região de terrenos baldios. Uma garota com um suéter grande demais e calças listradas remexendo o capim, talvez procurando comida ou roupa. Edgar ficou a observá-la, uma garota alta e desengonçada que tinha uma espécie de inteligência selvagem, uma segurança nos gestos e nos passos — parecia indefesa, porém alerta, de algum modo completamente limpa apesar de não tomar banho, limpa como a terra, faminta e rápida. Havia nela algo que fascinava a freira, um encantamento, como se ela fosse um ser privilegiado, por uma graça que lhe dava norte e sustento.

Edgar disse alguma coisa, e nesse exato momento a garota enfiou-se num labirinto de carros destroçados, e quando Gracie chegou à janela ela já se reduzira a um mero pontinho, perdido nas ruínas de um corpo de bombeiros abandonado.

"Quem é essa garota", perguntou Gracie, "que vive nos terrenos baldios se escondendo das pessoas?"

Ismael olhou para sua equipe e um dos membros falou — um menino franzino com jeans sujo de tinta spray, de pele escura, sem camisa.

"Esmeralda. Ninguém sabe cadê mãe dela."

Gracie indagou: "Será que vocês podiam encontrar essa garota e depois avisar o irmão Mike?".

"Essa garota muito rápida."

Um murmúrio geral de concordância.

"Uma boba, só sabe correr."

Risinhos, breves.

"Por que é que a mãe dela foi embora?"

"Mãe dela viciada. Essas pessoa some, sabe, da hora pra outra."

Se você deixar que eu lhe ensine a concordar o sujeito com o objeto, pensou Edgar, salvo sua vida.

Disse Ismael: "Vai ver que a mãe dela volta. Ela sente a pontada do remorso. Tem que pensar positivo".

"É o que eu faço", disse Gracie. "O tempo todo." "Mas às vezes tem garoto que é melhor ficar sem mãe nem pai. Porque o pai e a mãe ameaça a segurança deles."

Disse Gracie: "Se vocês virem a Esmeralda, levem essa menina ao irmão Mike e não deixem ela escapar, segurem a menina até que eu possa vir aqui pra conversar com ela. É muita pequena pra ficar sozinha, até mesmo pra morar com a equipe. O irmão Mike disse que ela tem doze anos".

"Doze não é tão pequeno", disse Ismael. "Um dos meus melhores pichadores, ele faz modelo rabisco, tem onze ou doze anos. O Juano. Eu desço ele numa corda pra ele fazer as letra mais complicada."

"Quando você nos paga?", perguntou Gracie.

"Da próxima vez, garantido. Eu não ganho quase nada com esses carro. Minha margem é muito mínima. Estou pensando em expandir minha operação pra fora do Brooklyn. Vender meus carro pra um desses países emergente aí, esses que está fazendo a bomba."

"Fazendo o quê? Acho que eles não estão interessados em carro sucateado", disse Gracie. "Acho que o que eles querem é urânio enriquecido."

"O Japão fez a Marinha deles com o elevado da Sexta Avenida. Está sabendo? Um dia é ferro-velho, no dia seguinte é um avião decolando do porta-avião. Não fica espantada se o meu ferro-velho acabar lá na Coreia, sabe, do Norte."

Edgar percebeu o sorriso forçado de Gracie. Edgar não sorriu. Ela não conseguia levar a coisa na brincadeira. Era uma freira escolada na Guerra Fria, que uma vez chegara a forrar as paredes de seu quarto com papel laminado para se proteger da radiação nuclear emitida por bombas comunistas. Não que ela não pensasse que uma guerra tinha seu lado emocionante. Muitas vezes, em seus devaneios, via um cogumelo de luz no filme de sua pele, tentava imaginar a explosão naquele exato momento, a URSS desmoronando alfabeticamente, as letras imensas desabando como estátuas cirílicas.

Desceram e entraram no furgão, as freiras e três garotos, mais os dois meninos que já estavam na rua, e saíram para distribuir a comida, começando com os casos mais difíceis do conjunto habitacional.

Andavam nos elevadores e palmilhavam longos corredores. Por trás de cada porta, um punhado de vidas inimagináveis, com histórias e lembranças, peixinhos nadando em aquários poeirentos. Edgar ia à frente, os cinco garotos em fila indiana atrás dela, cada um com dois sacos de comida, e Gracie na retaguarda, levando comida, cantando os números dos apartamentos na lista.

Falaram com uma senhora idosa que morava sozinha, uma diabética com uma perna amputada.

Viram um epiléptico.

Falaram com duas mulheres cegas que moravam juntas e dividiam um cão-guia.

Viram uma mulher numa cadeira de rodas que usava uma camiseta na qual se lia NOVA YORK É UMA MERDA. Gracie disse que ela provavelmente trocaria a comida que lhe traziam por heroína, a heroína mais vagabunda que se pode imaginar. A equipe assistia à cena, todos de cara amarrada. Gracie cerrou os dentes, apertou os olhos claros e entregou a comida assim mesmo. Discutiram sobre isso, não só as freiras, mas a equipe também. Todos ficaram contra a irmã Grace. Até a própria mulher da cadeira de rodas achou que não merecia a comida.

Viram um homem canceroso que tentou beijar as mãos emborrachadas da irmã Edgar. Viram cinco crianças pequenas amontoadas numa cama sob a guarda de uma de dez anos. Seguiam pelos corredores. Os garotos voltaram para o furgão a fim de pegar mais comida e seguiam em fila indiana pelos corredores iluminados por uma luz muito branca.

Conversaram com uma mulher grávida que assistia a uma telenovela em espanhol. Edgar lhe disse que, se uma criança morre depois de batizada, ela vai direto para o céu. A mulher ficou impressionada. Se a criança está em perigo e não há um padre presente, disse Edgar, a própria mulher pode administrar o batismo. Como? Jogue um pouco de água comum na testa da criança, dizendo: "Eu te batizo em nome do Pai, do Filho e do Espírito Santo". A mulher repetiu as palavras em espanhol e em inglês, e todos se sentiram melhor.

Seguiam pelos corredores passando por cem portas fechadas, e Edgar pensava em todas as crianças que estavam no limbo, sem a bênção do batismo, bebês no semissubmundo, na fronteira do inferno, e os não bebês do aborto, uma nuvem cósmica de fetos descartados flutuando nos anéis de Saturno, e bebês nascidos sem sistema imunológico, crianças criadas por computadores dentro de bolhas, e bebês que já nasciam viciados em drogas — ela os via o tempo todo, recém-nascidos cabeçudos dependentes de crack que mais pareciam criaturas saídas de uma história de assombração.

Ouviam o lixo despencando pelas lixeiras, seguiam um atrás do outro, três garotos e duas garotas formando um único corpo com as freiras, uma única forma sinuosa com muitos membros móveis. Desceram pelos elevadores e terminaram de fazer as entregas num grupo de cortiços onde o vidro quebrado das portarias fora substituído por tábuas.

Gracie deixou os garotos no Santo no momento exato em que estava chegando um ônibus. Mas o que é isso, dá para acreditar? Um ônibus de turismo, pintado com cores carnavalescas, com um letreiro acima do para-brisa onde se lia: O SURREAL SUL DO BRONX. A respiração de Gracie ficou ofegante. Cerca de trinta europeus com máquinas fotográficas penduradas no pescoço saltaram tímidos na calçada à frente das lojas com tábuas pregadas nas fachadas e fábricas abandonadas, e ficaram olhando para o cortiço decrépito a meia distância.

Gracie, fora de si, pôs a cabeça fora da janela do furgão e começou a gritar: "Não é surreal, não. É real, é real. Surreal é vocês virem aqui. Surreal é esse ônibus de vocês. Surreais são vocês".

Passou um monge numa bicicleta velha. Os turistas o viam pedalar rua acima. Ouviam Gracie gritar com eles. Viam um homem aproximar-se vendendo cata-ventos a pilha, pás de cores vivas presas a um pau; ele levava uma dúzia ou mais de cata-ventos nas mãos, com outros enfiados nos bolsos e debaixo dos braços, cercado de cata-ventos de plástico rodopiando — um negro idoso com um solidéu amarelo. Viam esse homem. Viam a selva de ailantos e os cadáveres de carros amontoados e olhavam para a parede de seis andares de altura coberta de querubins com flâmulas esvoaçando sobre suas cabeças.

Gracie gritando: "Isto é real, é real". Gritando: "Bruxelas é surreal. Milão é surreal. Só isto aqui é que é real. O Bronx é real".

Um turista comprou um cata-vento e voltou para o ônibus. Gracie deu a partida no carro, resmungando. Na Europa as freiras usam umas toucas que parecem marquises de cinema. Isso é que é surreal, disse ela. Não muito longe do Santo o trânsito engarrafou. As duas mulheres esperavam, com o pensamento longe. Edgar via as crianças voltando da escola, respirando o ar

92

que vem dos mares e é trazido pelo vento até essa rua na borda do continente. Ai da criança que tem as unhas sujas. Edgar costumava bater com uma régua nos nós dos dedos dos alunos do quinto ano quando as mãos deles não brilhavam como moedinhas novas.

À sua volta o barulho crescia, buzinas cansadas, sirenes de carros da polícia, o grande rugido de dragão dos carros de bombeiro.

"Irmã, não sei por que você ainda atura essas coisas", disse Gracie. "Você merece um descanso. Podia ir morar no interior e fazer trabalho de escritório pra ordem. Eu bem que ia gostar de ficar sentada no jardim com um bom romance policial e o velho Pepper deitado junto dos meus pés." O velho Pepper era o gato da matriz da ordem, no interior do estado. "Você podia ia fazer piquenique à beira do lago."

Edgar tinha um sorriso interior sarcástico que flutuava mais ou menos perto do palato. A vida no interior não lhe apetecia. A verdade do mundo estava ali, era ali que morava a sua alma, ali era o seu lugar — ela via em si própria uma criança medrosa que tinha de enfrentar o pavor das ruas para curar o ressaibo de destruição dentro dela. Onde ela poderia realizar seu trabalho senão ali, junto ao muro louco e corajoso de Ismael Muñoz?

De repente Gracie saltou do furgão. Soltou o cinto de segurança, saltou do furgão e saiu correndo pela rua. A porta ficou escancarada. Edgar entendeu na mesma hora. Virou-se e viu a menina, Esmeralda, meio quarteirão à frente de Gracie, correndo em direção ao Santo. Gracie esgueirava-se por entre os carros com seus sapatões pesados e sua saia maria-mijona. Virou uma esquina seguindo a garota, passando pelo ônibus de turismo preso no engarrafamento. Os turistas observavam as duas figuras que corriam. Edgar via suas cabeças virando-se em uníssono, os cata-ventos rodopiando nas janelas.

Todos os sons se aglomeravam sob o céu cada vez mais escuro.

Edgar achava que compreendia os turistas. A gente viaja para ver não museus e pores do sol, e sim ruínas, quarteirões bombardeados, os vestígios de guerras e torturas recobertos de musgo. A um quarteirão e meio dali veículos de emergência se aglomeravam. Edgar viu trabalhadores abrindo à força as grades do metrô em meio a nuvens de fumaça pálida e pensou que devia rezar uma prece breve, um ato de esperança, três anos de indulgência. Então cabeças e torsos começaram a emergir, indistintos, pessoas subindo ao ar com bocas escancaradas, arquejando em desespero. Um curto-circuito, um incêndio no metrô. Pelo retrovisor Edgar via turistas saltando do ônibus e aproximando-se cautelosos, preparados para tirar fotos. E as crianças que voltavam da escola, quase indiferentes — viam assassinatos de verdade em videoteipe na televisão. Mas o que sabia ela dessas coisas, ela, uma velha que comia peixe às sextas-feiras e tinha saudade da missa em latim? Edgar tinha muito menos mérito que a irmã Gracie. Gracie era um soldado, um combatente em favor da dignidade humana. Edgar era apenas um policialzinho, impondo certas leis e proibições. Ouviu a arenga dos carros de polícia pulsando no tráfego paralisado e viu cem passageiros do metrô saindo dos túneis acompanhados por funcionários com coletes resplandecentes, e viu os turistas tirando fotos, e lembrou-se da viagem que fizera a Roma muitos anos antes, uma viagem de estudos e renovação espiritual, ela tremera sob as imensas cúpulas, caminhara pelas catacumbas e subsolos de igrejas, e era nisso que pensava ao ver os passageiros saindo para a rua, pensava numa capela subterrânea numa igreja dos capuchinhos onde ela não conseguira parar de olhar para os esqueletos lá empilhados, pensando nos monges cuja carne outrora ornara aqueles metatarsos e fêmures e crânios, tantos crânios amontoados em nichos e desvãos, e lembrava-se de ter pensado, vingativa, que aqueles eram os mortos que iam sair da terra para açoitar e golpear os vivos, punir os pecados dos vivos — a morte, sim, triunfante —, mas será que ela quer mesmo acreditar nisso, ainda?

Gracie voltou para o banco do motorista, chateada, o rosto vermelho.

"Quase consegui. Entramos na parte mais cheia de mato dos terrenos baldios e aí me confundi, quer dizer, fiquei foi com medo mesmo, por causa dos morcegos, não dá pra acreditar, morcegos de verdade — sabe, os únicos mamíferos voadores que existem?" Fez com os dedos movimentos irônicos de asas. "Saíram em bando de uma cratera cheia de sacos vermelhos de lixo de hospital. Esparadrapos sujos de secreções orgânicas."

"Não quero ouvir falar nisso", disse Edgar.

"Vi uma quantidade de seringa usada que dava pra satisfazer o desejo de morte de várias cidades, sabe? Centenas de ratos brancos mortos, duros e achatados. Tipo carta de baralho."

Edgar esticou os dedos dentro das luvas leitosas.

"E a Esmeralda perdida no meio desse mato e dessas carcaças de carros. Aposto o que você quiser que ela está morando dentro de um carro", disse Gracie. "O que foi que houve? Incêndio no metrô, pelo visto."

"Foi."

"Morreu alguém?"

"Acho que não."

"Pena que eu não peguei a Esmeralda."

"Não se preocupe com ela", disse Edgar.

"Me preocupo, sim."

"Ela sabe se virar. Ela conhece o terreno. Ela é esperta."

"Mais dia, menos dia", disse Gracie.

"Ela está bem. Ela é esperta. Não se preocupe."

E naquela noite, no primeiro patamar do sono incerto, Edgar viu de novo os passageiros do metrô, homens adultos, mulheres na flor da idade, todos salvos dos túneis enfumaçados, andando às cegas por passarelas e sendo guiados escada de emergência acima até chegar à rua — pais e mães, os pais e mães perdidos agora reencontrados e reunidos, puxados pelas camisas, içados até a superfície por criaturinhas sem rosto, com asas fluorescentes.

E algumas semanas depois Edgar e Grace seguiam a pé por um trecho coberto de folhas em decomposição até as margens do rio Bronx perto dos limites da cidade, onde um Honda com a traseira amassada estava abandonado no mato, sem as placas, sem os pneus, as janelas cuidadosamente retiradas, ruídos de ratos dentro do porta-luvas, e depois de observarem os detalhes do abandono e voltarem para o furgão, Edgar teve uma sensação terrível, um daqueles presságios de tantos anos atrás, quando pressentia coisas medonhas a respeito de um aluno ou pai de aluno ou outra freira e prenunciava algo nos corredores poeirentos do convento ou no almoxarifado da escola, que cheirava a madeira de lápis e cadernos de redação, ou na igreja ao lado da escola, algum conhecimento funesto na fumaça que subia do turíbulo do coroinha, porque essas coisas chegavam a ela pelo rangido de velhas tábuas corridas e pelo cheiro das roupas, os casacos de pelo de camelo das outras pessoas, porque ela atraía Notícias e Boatos e Catástrofes para dentro dos impecáveis poros de algodão de seu hábito e seu véu.

Não que ela se arrogasse o poder de viver sem dúvidas.

Ela duvidava e limpava. Naquela noite debruçou-se sobre a bacia de seu quarto e limpou uma escova cerda por cerda com palha de aço empapada de desinfetante. Mas isso implicava imergir o vidro de desinfetante em algo mais forte que desinfetante. E isso ela não havia feito. Não havia feito porque a regressão era infinita. E a regressão era infinita porque se chamava regressão infinita. É assim que a dúvida se torna uma doença que se espraia além das proeminências mais salientes da matéria e ascende aos espaços elevados em que as palavras brincam umas com as outras.

Outra manhã, um dia depois. De dentro do furgão, Edgar viu a irmã Grace emergir do convento, passo gingado, pernas curtas, corpo quadrado, o rosto de Gracie evitando o olhar de Edgar enquanto ela contornava a frente do veículo e abria a porta do lado do motorista.

Ela entrou e agarrou o volante, olhando diretamente para a frente.

"Me telefonaram lá do mosteiro."

Então estendeu a mão, pegou a porta e fechou-a. Agarrou o volante outra vez.

"Alguém estuprou a Esmeralda e jogou ela do alto do telhado."

Deu a partida no motor.

"E eu estou aqui pensando: quem é que eu mato?"

Olhou para Edgar rapidamente, depois engrenou a marcha.

"Porque é a única pergunta que eu posso fazer sem cair no desespero total."

Seguiam para o sul pelas ruas do bairro, as fachadas de tijolo dos cortiços banhadas na suave luz matinal. Edgar sentia o clima de raiva e dor de Gracie — ela havia conseguido abordar a garota duas ou três vezes nas últimas semanas, falar com ela de certa distância, jogar um saco contendo roupa no meio do arbusto onde Esmeralda estava. Seguiam o tempo todo em silêncio, a freira mais velha recitando mentalmente perguntas e respostas do Catecismo de Baltimore. A força desses exercícios, que eram uma forma de prece prolongada, provinha das vozes que acompanhavam a dela, crianças a responder, década após década, sílabas nítidas, a flauta de Pã que era a música lúcida de sua vida. Pergunta e resposta. Que diálogo mais profundo poderia ser imaginado pelas mentes mais razoáveis? Ela pôs a mão sobre a de Gracie no volante e a manteve ali pela fração de um segundo digital marcado no relógio do mostrador. Quem nos fez? Deus nos fez. Aqueles rostos de olhos límpidos, uma fé tão pura. Quem é Deus? Deus é o Ser Supremo que fez todas as coisas. Edgar sentia um cansaço nos braços, os braços estavam pesados e mortos, e ela chegou até a Lição número doze quando o conjunto habitacional apareceu junto ao céu, as janelas do andar de cima a brilhar brancas de sol na fachada larga e escura de pedra gasta.

Quando Gracie finalmente falou, ela disse: "Continua".

"Continua o quê?"

"Está ouvindo, está ouvindo?"

"Ouvindo o quê?", perguntou Edgar.

"Cá-cá-cá-cá."

O furgão passou pelo conjunto habitacional e seguiu em direção ao muro pintado.

Quando chegaram lá, o anjo novo já estava em seu lugar. Deram-lhe um suéter rosa, calça rosa e azul-clara, tênis Air Jordan brancos com o logotipo em destaque — como ela era uma boba que vivia correndo, Ismael dera-lhe um par de tênis de corrida. E o pequeno Juano ainda estava dependurado de uma corda, baixado do telhado pelo velho guincho manual que os meninos usavam para puxar carros para cima da carroceria do caminhão. Ismael e os outros, debruçados da beira do telhado, tentavam gritar-lhe correções ortográficas enquanto ele balançava-se de um lado para o outro, desenhando com spray as letras entrelaçadas que caracterizavam a já finda idade do ouro da grafitagem *wildstyle*. Paradas ao lado do carro, as freiras viam o garoto espremer a última palavra e depois ser içado para cima no vento cortante.

ESMERALDA LOPEZ

12 ANO

PORTEGIDA NO CEU

Todos se reuniram no terceiro andar, e Gracie ficou andando de um lado para o outro. Ismael, parado num canto, fumava um Phillies Blunt. A freira não sabia por onde começar, como referir-se à coisa inominável que alguém fizera com aquela criança que ela tivera tanta esperança de salvar. Gracie andava, de punhos cerrados. Ouviram o gemido sibilante de um ônibus a alguns quarteirões de distância.

"Ismael. Você tem que descobrir quem foi o cara que fez isso."

"A senhora acha que eu mando aqui? Tipo polícia de Los Angeles?"

"Você tem contatos nesse bairro que ninguém mais tem."

"Bairro? Que bairro? O bairro fica ali, ó. Isso aqui é o Santo. O máximo que eu consigo é fazer esses menino escrever as palavras direito na droga da parede. No meu tempo a gente pichava os carro do metrô no escuro sem nem um erro de ortografia."

"E quem é que está interessado em ortografia?", exclama Gracie.

Ismael trocou um olhar secreto com a irmã Edgar, dirigindo-lhe um sorriso banguela que revelava anos de descuido dentário. Edgar sentia-se fraca e perdida. Agora que o Terror tornou-se local, como vamos viver?, pensava ela. Fora desmontada a grande sombra projetada — o objeto no céu com o nome de uma deusa grega encontrado num vaso do ano 500 a.C. O que é o Terror agora? Um barulho na calçada bem perto, um ladrão armado com uma faca de legumes ou o ratatá de uma arma aleatória num carro que passa. Alguém que leva o seu filho. Antigos temores reavivados, eles vão roubar meu filho, eles vão entrar na minha casa quando eu estiver dormindo e arrancar fora meu coração porque eles têm parte com Satanás. Edgar deixou que Gracie exibisse sua dor e sua exaustão o resto daquele dia e as duas ou três semanas seguintes. Temia entrar em crise, começar a ver o mundo como um jorro de matéria disforme que por acaso gerava um planeta esmeralda aqui e uma estrela morta ali, com um deserto aleatório entre os dois. A serenidade do grandioso projeto divino estava ausente de seu sono, forma e proporção, o poder que inspira reverência e emoção. Quando Gracie e a equipe levavam comida para o conjunto habitacional, Edgar ficava esperando no furgão, incapaz de enfrentar as pessoas que precisavam de razões para Esmeralda.

Mãe de Misericórdia, orai por nós. Trezentos dias.

Então começaram a surgir as histórias, passando de um quarteirão a outro, passando pelas igrejas e minimercados, um pouco deturpadas, talvez, com um erro de tradução aqui e ali, mas não de todo distorcidas — claramente as pessoas estavam falando sobre o mesmo episódio insólito. E umas iam lá ver e contavam às outras, despertando a esperança que cresce quando as coisas ultrapassam os limites.

As pessoas reuniam-se à hora do pôr do sol num lugar entre duas passarelas, onde ventava muito, sete ou oito pessoas atraídas pelo relato de uma ou duas, depois trinta pessoas trazidas pelas sete, depois uma multidão densa e silenciosa, cada vez maior mas sempre respeitosa, duzentas pessoas espremidas numa ilha de calçada no mais fundo do Bronx onde o elevado desce do mercado do terminal e o pátio de manobras dos trens se estende até o canal, aquela antiga extensão de zona industrial que é de partir o coração com aquela beleza tensa dos tempos da Depressão — as rampas cobertas de capim alto e a velha ponte ferroviária sobre o rio Harlem, com uma torre de metal em cada extremidade, às vezes balançando-se devagar ao vento insistente.

Espremidas, as pessoas vinham e estacionavam seus carros, quando tinham carros, seis ou sete dentro de um automóvel, largavam o carro torto num acostamento alto ou então nas transversais, em frente às fábricas, e se espremiam na ilha de concreto entre a via expressa e a avenida esburacada, sentindo o vento cortante, olhando fixamente, indiferentes ao ronco cotidiano do tráfego enlouquecido, para um outdoor que pairava na escuridão — um cartaz publicitário que se elevava da margem do rio, que estava ali para atrair os olhares entorpecidos dos passageiros dos trens que corriam incessantes dos subúrbios ao norte para o burburinho de dinheiro e consumo no coração de Manhattan.

No refeitório, Edgar estava sentada em frente a Gracie. Ela comia sem saborear a comida porque anos antes decidira que o sabor não importava. O importante era raspar o prato.

Diz Gracie: "Não, por favor, não pode".

"Só pra ver."

"Não, não, não, não."

"Eu quero ver com meus próprios olhos."

"Isso é sensacionalismo. O pior tipo de superstição de jornal popular. É horrível. Uma total falta de... como é que diz? Uma capitulação total, não é? Seja sensata. Não capitule. Não abra mão do seu bom senso."

"Pode ser que seja ela mesma que eles estão vendo."

"Sabe o que é? É o jornal das onze. É o jornal local das onze, com as notícias mais grotescas bem espaçadas pra prender o espectador até o fim."

"Eu acho que tenho que ir", disse Edgar.

"Isso é uma coisa pra gente pobre ir lá e ver e julgar e compreender e é assim que nós temos que encarar a coisa. Os pobres precisam de visões, não é?"

"Eu acho que você está sendo paternalista com as pessoas de que gosta tanto", disse Edgar, delicada.

"Você está sendo injusta."

"Você diz que é pra gente pobre. Mas santo aparece pra quem? Já viu santo e anjo aparecer pra presidente de banco? Coma a cenoura."

"É o noticiário das onze. Isso é uma exploração grotesca do assassinato horroroso de uma criança."

"Mas quem é que está explorando? Ninguém está explorando", disse Edgar. "As pessoas vão lá pra chorar, pra acreditar."

"É assim que a notícia fica tão poderosa que nem precisa de tevê nem jornal. Ela existe na própria percepção das pessoas. A coisa se torna real, um real falso, e aí elas acham que estão vendo a realidade quando estão vendo uma coisa inventada por elas. É a notícia sem a mídia."

Edgar comia seu pão.

"Estou mais velha que o papa. Nunca pensei que eu ia chegar a ficar mais velha que o papa, e acho que preciso ir ver essa coisa."

"As imagens mentem", diz Gracie.

"Eu acho que eu preciso ir lá ver."

"Não se deve rezar pra imagem, e sim pro santo."

"Acho que preciso ir."

"Mas você não pode ir. É loucura. Não vá, irmã."

Mas Edgar foi. Foi com uma irmã tímida e calada chamada Janis Loudermilk, que usava um aparelho para corrigir os dentes espaçados demais. Elas tomaram o ônibus e o metrô e seguiram a pé os últimos três quarteirões, a irmã Jan levando um celular para o caso de precisarem de ajuda.

Uma lua de um laranja-vivo pairava sobre a cidade.

Pessoas à luz ofuscante dos carros que passavam, centenas de pessoas amontoadas na ilha, os carros delas estacionados de qualquer jeito, tortos, perigosamente próximos do fluxo de trânsito. As freiras atravessaram a avenida correndo e acotovelaram-se para entrar na ilha, e a multidão abriu alas para elas, os corpos apinhados se afastando para que tivessem espaço.

As freiras olharam para o ponto onde convergia o olhar eletrizado da multidão. Ficaram paradas, olhando. A iluminação do outdoor era desigual, com trechos escuros, várias lâmpadas queimadas que não foram substituídas, porém os elementos centrais estavam bem visíveis, uma ampla cascata de suco de laranja jorrando diagonalmente da direita e do alto para dentro de um copo de pé seguro por uma mão à esquerda, na parte inferior do painel — a mão impecável de uma mulher branca de algum subúrbio de classe média. O contexto social é dado por salgueiros longínquos e a vaga vista de um lago. Mas o que atraía a vista era o suco, espesso, consistente, de um tom avermelhado que combinava com o laranja da lua. E as primeiras gotas detalhadas batendo no fundo do copo, espalhando gotículas mínimas, cada uma delas trabalhada, como figuras numa épica pintura hiper-realista. Quanto esmero, quanto esforço e técnica e refinamento — tanto, pensa Edgar, quanto numa catedral medieval. E as latas de suco Minute Maid enfileiradas na base do cartaz, cem latas idênticas, tão familiares em seu desenho, cor e tipografia que chegavam a ter personalidade, simpáticos anõezinhos alaranjados.

Edgar não sabia quanto tempo era preciso esperar, não sabia exatamente o que ia acontecer. Passavam caminhões carregados de frutas e legumes, estremecendo o lusco-fusco. O olhar da freira terminou pousando nos rostos da multidão. Trabalhadores, pensou ela. Operárias, balconistas, um ou outro vagabundo ou sem-teto, mas não muitos, e então ela percebeu um grupo perto da frente, bem encaixados na proa da ilha — eram os carismáticos do último andar do cortiço lá do Santo, quase todos com roupas brancas largas, mulheres roliças, homens esguios com tranças de rastafári. A multidão era paciente, mas Edgar não, e ela percebeu que estava tensa de apreensão, começando a ver a coisa pelo ângulo de Gracie. Aviões emergiam do céu escuro descendo em direção ao aeroporto La Guardia, rachando o ar com seus roncos latejantes. Edgar e a irmã Jan trocaram um olhar melancólico. As duas olhavam. Olhavam bestamente para o suco. Cerca de vinte minutos depois houve um murmúrio, uma espécie de vento humano, e as pessoas olharam para o norte, as crianças apontaram para o norte, e Edgar se espichou toda para ver o que elas estavam vendo.

O trem.

Edgar sentiu as palavras antes de ver o objeto. Sentiu as palavras embora ninguém as tivesse pronunciado. É assim que uma multidão focaliza a consciência de todos num único ponto. Então Edgar viu o trem, um trem urbano normal, azul e prateado, sem nenhuma pichação, seguindo em direção à ponte levadiça. Os faróis varreram a superfície do anúncio, e Edgar ouviu um som emergindo da multidão, um arfar que explodia em soluços e gemidos, no grito de uma espécie de êxtase doloroso e indizível. Uma espécie de hurra sufocado, o brado da fé incontida. Pois quando os faróis do trem iluminaram a parte mais escura do cartaz surgiu um rosto acima do lago enevoado, e era o rosto da menina assassinada. Uma dezena de mulheres levou a mão à cabeça, elas gritavam e soluçavam, um espírito, um bafo divino atravessou a multidão.

Esmeralda.

Esmeralda.

Edgar estava fisicamente em choque. Ela vira, mas fora tão breve, depressa demais para absorver — ela queria que a menina reaparecesse. Mulheres levantavam os bebês em direção ao cartaz, ao fluxo de suco, para que eles se banhassem naquele bálsamo, naquele óleo batismal. E a irmã Jan falando, o rosto colado no de Edgar, na confusão de vozes e barulhos.

"Parecia mesmo ela?"

"Parecia."

"Tem certeza?"

"Acho que sim", disse Edgar.

"Mas você viu ela de perto alguma vez?"

"As pessoas do bairro viram. Todo mundo aqui. Ela era conhecida há anos."

Gracie diria: Que horror, que espetáculo de mau gosto. Ela sabia o que Gracie haveria de dizer. Ela diria: É só o anúncio que está por baixo, um defeito técnico que faz com que a imagem do anúncio antigo apareça por baixo do novo quando é atingido por uma luz suficientemente forte.

Edgar via Gracie com a mão na garganta, sufocada, um gesto teatral.

Teria ela razão? Então as notícias não dependiam mais das agências? Será que elas se inventavam a si próprias nos olhos de pessoas de carne e osso?

Mas e se não houvesse nenhum anúncio antigo por baixo? E por que haveria outro cartaz por baixo do anúncio de suco de laranja? Certamente eles retiravam o anúncio antigo.

A irmã Jan perguntou: "E agora?".

Elas esperaram. Desta vez esperaram apenas oito ou nove minutos, e logo outro trem se aproximou. Edgar se mexeu, delicadamente tentou avançar, cotovelos para fora, e as pessoas abriram alas, elas a viam — uma freira de véu e hábito e capa negra acompanhada de uma ajudante constrangida com um casaco de bazar de caridade e um lenço amarrado na cabeça, telefone celular na mão levantada.

As pessoas a viam e a abraçavam, e ela se deixava abraçar. Sua presença era uma força confirmadora, a representante de uma igreja universal, munida de sacramentos e conexões bancárias secretas — e ela opta por uma vida de pobreza, castidade e obediência. As pessoas a abraçavam e a deixavam passar, e ela estava no meio dos carismáticos, que dançavam sem sair do lugar, quando os faróis do trem atingiram o painel. Edgar viu o rosto de Esmeralda tomar forma sob o arco-íris de suco abundante, acima do pequeno lago suburbano, e o rosto tinha presença e disposição, havia uma pessoa viva naquela imagem, uma personalidade e um espírito distintos — menos de um segundo de vida, e menos de meio segundo depois o trecho de cartaz estava escuro novamente. Edgar sentiu algo irromper-se sobre ela. Abraçou a irmã Jan. Trocaram apertos de mãos calorosos com as mulheres corpulentas que levantavam os olhos arregalados para o céu. As mulheres apertavam sua mão com as duas mãos, proferindo palavras inventadas, ditas em transe, pensou Edgar — são cânticos que falam de coisas além dos delírios mais conhecidos. Edgar socou o peito de um homem com os punhos. Tudo lhe parecia tão próximo, irrompendo sobre ela, tristeza e perda e glória e a piedade desesperançada de uma velha mãe e uma força vinda do mais fundo dos lamentos que a fazia sentir-se inseparável dos que tremiam e gemiam, dos que entravam em êxtase na correnteza do trânsito — por um momento ela não tinha nome, ela perdera os detalhes de sua história pessoal, ela era um fato incorpóreo, em forma líquida, a derramar-se sobre a multidão.

A irmã Jan disse: "Não sei, não".

"Claro que você sabe. Você sabe. Você viu."

"Não sei, não. Era uma sombra."

"Esmeralda no lago."

"Eu não sei o que eu vi."

"Você sabe. Claro que sabe. Era ela. Você viu."

Esperam mais dois trens. Aviões surgiam no céu com suas luzes e desciam em direção à pista do outro lado do rio, um voo a cada meio minuto, os últimos ecos do ronco do anterior mesclando-se ao seguinte, de modo que era tudo um único ruído inconsútil, e o ar fedia a fumaça de combustível. Esperaram mais um trem.

Como terminam as coisas, ao final de tudo, coisas desse tipo — reduzidas a um pequeno grupo esquecido de fiéis exaustos encarangados na chuva? Na noite seguinte havia mil pessoas no lugar. Elas estacionaram os carros na avenida e tentaram intrometer-se na ilha de calçada de qualquer jeito, mas a maioria delas acabou tendo que ficar no meio da pista da direita da via expressa, com um olho atento no trânsito. Uma mulher foi atingida por uma moto, sendo lançada longe no asfalto. Um garoto foi arrastado cem metros — é sempre cem metros, nesses casos — por um carro que não parou. Surgiram vendedores oferecendo flores, refrigerantes e filhotes de gatos aos motoristas presos no engarrafamento. Vendiam imagens laminadas de Esmeralda em santinhos. Vendiam cata-ventos que nunca paravam de girar.

Na noite seguinte, veio a mãe, a mãe desaparecida de Esmeralda, e ela desmaiou de braços abertos quando o rosto da menina apareceu no cartaz. Foi levada numa ambulância seguida por vários carros de reportagens de estações de tevê. Dois homens chegaram às vias de fato, atacando-se com chaves de roda, causando um engarrafamento no acesso a um viaduto. A cena foi captada por câmeras levadas em helicópteros, e a polícia isolou a área com uma fita alaranjada — exatamente o mesmo tom de laranja do suco vivificante.

Na noite seguinte, o cartaz estava em branco. Era um tremendo vazio no espaço. As pessoas vinham e não sabiam o que dizer, o que pensar, para onde olhar, em que acreditar. A placa fora reduzida a uma folha em branco com duas palavras microscópicas: ESPAÇO DISPONÍVEL, seguido de um número de telefone numa fonte elegante. Quando passou o primeiro trem, ao entardecer, os faróis não revelaram nada.

E de que você se lembra, ao final de tudo, depois que todos vão para casa e as ruas estão vazias de devoção e esperança, varridas pelo vento que vem do rio? Será uma lembrança frágil e amarga que lhe causa sentimentos de vergonha com sua inverdade fundamental — só nuanças e desejos vagos? Ou ainda persiste o poder da transcendência, a sensação de um evento que viola as forças naturais, alguma coisa sagrada a latejar no horizonte cálido, a visão que você anseia porque precisa de um sinal que se oponha à sua dúvida?

Edgar guardava a imagem no coração, o rosto vago no cartaz iluminado, sua irmã gêmea virginal que era também sua filha. E relembrava o cheiro de combustível de avião. Ele transformou-se no incenso de sua experiência, o sândalo e o olíbano, o meio retentivo que preservava a integridade do momento, de todos os momentos, os êxtases mudos, as ondas de solidariedade.

Sentia a dor em suas juntas, o velho corpo com suas dores rotineiras, dores em todas as articulações, pontadas de sensação lancinante nas ligações entre os ossos.

Ela se levantava e rezava.

Infundi, Senhor, Vos suplicamos, a Vossa graça em nossas almas.

Dez anos se for recitado ao amanhecer, ao meio-dia e à tardinha, ou logo após essas horas, assim que for possível.

PARTE III

Baader-Meinhof (2002)
Meia-noite em Dostoiévski (2009)
Foice e martelo (2010)
A Famélica (2011)

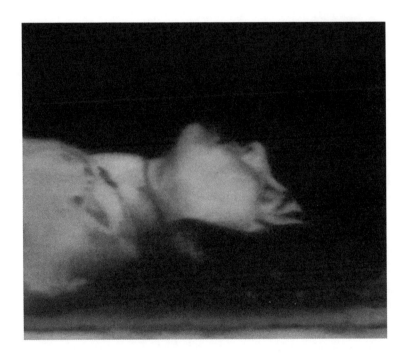

Baader-Meinhof

Ela sabia que outra pessoa estava presente na sala. Não havia nenhum ruído propriamente dito, apenas uma insinuação atrás dela, um leve deslocamento de ar. Ela estava sozinha havia algum tempo, sentada num banco no meio da galeria com as pinturas à sua volta, um ciclo de quinze telas, e era esta a sensação, a de que era como se ela estivesse numa capela mortuária, velando o corpo de um parente ou amigo.

O nome que se dava àquilo às vezes era câmara-ardente, acreditava ela.

Olhava para Ulrike agora, a cabeça e o tronco, o pescoço queimado pela corda, embora ela não soubesse exatamente que espécie de implemento fora utilizado no enforcamento.

Ela ouviu a outra pessoa caminhar até o banco, um passo pesado e arrastado de homem, e levantou-se para ir até a imagem de Ulrike, parte de uma série de três imagens relacionadas, Ulrike morta em cada uma delas, deitada no chão da cela, a cabeça em perfil. As telas eram de tamanhos variados. A realidade da mulher, a cabeça, o pescoço, a queimadura da corda, as feições eram pintados, de um quadro para outro, em nuanças de obscuridade e negrume, um detalhe mais nítido aqui do que ali, a boca borrada numa tela aparecendo quase natural em outra, nada de sistemático.

"Por que você acha que ele fez assim?"

Ela não se virou para olhar para o homem.

"Tão sombrio. Sem cor."

Ela disse: "Não sei". E foi para o grupo de imagens seguinte, com o título *Homem baleado*. Era Andreas Baader. Ela sempre pensava nele com o nome completo ou o sobrenome. Pensava em Meinhof, via Meinhof como primeiro nome apenas, Ulrike, e o mesmo em relação a Gudrun.

"Estou tentando pensar no que aconteceu com eles."

"Eles se suicidaram. Ou então foram mortos pelo Estado."

Disse ele: "O Estado". E repetiu, com uma voz grave, num tom melodramático de ameaça, testando a leitura da fala para achar a maneira mais adequada.

Ela queria sentir-se incomodada, mas na verdade sentia uma mortificação vaga. Não costumava usar esse termo — *o Estado* — no contexto rígido de poder político supremo. Não fazia parte de seu vocabulário.

As duas imagens de Baader morto na cela eram do mesmo tamanho, mas abordavam o tema de maneiras algo diferentes, e foi o que ela fez em seguida — concentrou-se nas diferenças, braço, camisa, objeto desconhecido na beira da moldura, a disparidade ou a incerteza.

"Não sei o que aconteceu", disse ela. "Só estou dizendo o que as pessoas acreditam. Faz vinte e cinco anos. Não sei como era na época, na Alemanha, com as bombas e os sequestros."

"Eles fizeram um acordo, você não acha?"

"Há quem pense que eles foram assassinados nas celas."

"Um pacto. Eram terroristas, não eram? Quando não estão matando outras pessoas, eles se matam", disse ele.

Ela estava olhando para Andreas Baader, primeiro uma pintura, depois a outra, depois a primeira outra vez.

"Não sei, não. Talvez isso seja até pior, de certo modo. É muito mais triste. Tem tanta tristeza nesses quadros."

"Tem uma que está sorrindo", disse ele.

Era Gudrun, em *Confronto 2*.

"Não sei se isso é um sorriso. Pode ser um sorriso."

"É a imagem mais nítida da sala. Talvez de todo o museu. Ela está sorrindo", disse ele.

Ela virou-se, a fim de olhar para Gudrun do outro lado da galeria, e viu o homem no banco, meio virado em direção a ela, de terno, com a gravata desamarrada e uma calva prematura. Ela o viu apenas de relance. Ele a olhava, porém o olhar dela estava voltado para o quadro atrás dele, Gudrun com uma bata de presidiária, em pé, encostada numa parede, e sorrindo, provavelmente, sim, no quadro do meio. Três quadros com Gudrun, talvez sorrindo, sorrindo e provavelmente não sorrindo.

"Tem que ter um preparo especial pra olhar pra esses quadros. Eu não consigo distinguir uma pessoa da outra."

"Consegue, sim. É só olhar. Tem que olhar."

Ela percebeu um tom de reprovação leve em sua própria voz. Foi até a parede do outro lado da sala para ver a pintura que representava uma das celas, com estantes altas que cobriam quase metade da tela e uma forma escura, uma espécie de aparição, que talvez fosse um casaco num cabide.

"Você é aluna de pós-graduação. Ou professora de arte", disse ele. "Confesso que estou aqui só pra passar o tempo. É o que eu faço entre uma e outra entrevista de emprego."

Ela não queria lhe dizer que havia passado três dias inteiros ali. Passou para a parede adjacente, um pouco mais perto da posição dele no banco. Então ela lhe disse.

"Uma nota preta", disse ele. "A menos que você seja sócia."

"Não sou, não."

"Então você é professora de arte."

"Não sou, não."

"Você quer que eu cale a boca. Cala a boca, Bob. Só que meu nome não é Bob."

No quadro que mostrava os caixões sendo carregados em meio a uma grande multidão, ela de início não entendeu que eram caixões. Levou um longo momento para ver a multidão. Lá estava a multidão, basicamente um borrão cinzento com umas poucas figuras no primeiro plano, à direita do centro, que eram reconhecíveis como indivíduos de costas para o observador, e havia um corte perto do alto da tela, uma faixa clara de terra ou estrada, e depois mais uma massa de pessoas ou árvores, e demorava-se para compreender que os três objetos esbranquiçados perto do centro do quadro eram caixões sendo carregados em meio à multidão, ou então apenas colocados sobre catafalcos.

Lá estavam os corpos de Andreas Baader, Gudrun Ensslin e um homem cujo nome ela não conseguia lembrar. Ele fora baleado dentro da cela. Baader também fora baleado. Gudrun fora enforcada.

Ela sabia que isso acontecera cerca de um ano e meio depois de Ulrike. Que morreu em maio, ela sabia, de 1976.

Entraram dois homens na galeria, seguidos por uma mulher de bengala. Os três pararam diante do texto explicativo, lendo.

O quadro dos caixões tinha outra coisa que não era fácil de achar. Ela só a achou no segundo dia, ontem, e depois que a achou aquilo tornou-se marcante, e agora era incontornável — um objeto no alto da pintura, um pouco à esquerda do centro, uma árvore, talvez, mais ou menos em forma de cruz.

Ela aproximou-se do quadro, ouvindo a mulher da bengala caminhar em direção à parede em frente àquela.

Sabia que essas pinturas eram baseadas em fotos, mas não

vira as fotos e não sabia se havia uma árvore sem folhas, uma árvore morta, atrás do cemitério, que consistia num tronco raquítico com um único galho sobrevivente, ou dois galhos formando uma peça transversal perto do alto do tronco. Ele estava parado ao lado dela agora, o homem com quem ela havia conversado.

"Me diz o que você está vendo. Sério, eu quero saber."

Entrou um grupo, liderado por uma guia, e ela virou-se por um momento, vendo as pessoas se reunirem em frente à primeira pintura do ciclo, o retrato de Ulrike quando ainda era bem mais moça, uma garota, na verdade, distante e pensativa, a mão e o rosto como que flutuando na escuridão sombria à sua volta.

"Agora eu percebo que no primeiro dia eu estava olhando muito mal. Eu achava que estava olhando, mas a verdade é que estava só formando uma vaga ideia do que está nesses quadros. Eu ainda estou só começando a olhar."

Estavam olhando, juntos, para os caixões e as árvores e a multidão. A guia turística começou a falar com seu grupo.

"E o que você sente quando olha?", perguntou ele.

"Não sei. É complicado."

"Porque eu não sinto nada."

"Acho que eu me sinto impotente. Esses quadros me fazem sentir como uma pessoa pode ficar impotente."

"É por isso que você está aqui há três dias direto? Pra se sentir impotente?", ele perguntou.

"Estou aqui porque adoro os quadros. Cada vez mais. De início fiquei confusa, e ainda estou, um pouco. Mas agora eu sei que adoro os quadros."

Era uma cruz. Ela a via como uma cruz e isso a fazia sentir, com ou sem razão, que havia um componente de perdão no quadro, que os dois homens e a mulher, terroristas, e Ulrike antes deles, terrorista, não estavam além do perdão.

Mas ela não comentou sobre a cruz para o homem parado a seu lado. Não era o que ela queria, uma conversa sobre esse assunto. Ela não achava que estava imaginando uma cruz, vendo uma cruz em algumas pinceladas livres, mas não queria ouvir uma pessoa levantando dúvidas elementares.

Foram a uma lanchonete e sentaram-se em bancos dispostos ao longo de um balcão estreito que se estendia de um lado ao outro da vitrine. Ela contemplava as multidões na Sétima Avenida, meio mundo passando apressado, e quase não sentia o gosto do que comia.

"Perdi a explosão do primeiro dia", disse ele, "quando as ações sobem de uma maneira mítica, tipo assim quatrocentos por cento em duas horas. Cheguei lá já no mercado secundário, que acabou sendo fraco, e depois ficou mais fraco ainda."

Quando todos os bancos estavam ocupados, as pessoas comiam em pé. Ela queria ir para casa e verificar as mensagens gravadas na secretária eletrônica.

"Eu agora marco entrevistas. Faço a barba, sorrio. Minha vida é um inferno", disse ele, num tom tranquilo, mastigando enquanto falava.

Ele ocupava espaço, um homem alto e largo, com algo de desengonçado, algo de improvisado e desajeitado. Alguém estendeu o braço por cima dela para pegar um guardanapo de papel. Ela não tinha ideia do que estava fazendo ali, conversando com aquele homem.

Disse ele: "Sem cor. Sem sentido".

"O que eles fizeram tinha um sentido. Foi errado, mas não foi uma coisa cega e vazia. Acho que o pintor está procurando é por isso. E como foi que a coisa acabou como acabou? Acho que é isso que ele está perguntando. Todo mundo morto."

116

"Só podia mesmo acabar assim, não é? Diga a verdade", ele retrucou. "Você ensina arte pra crianças deficientes."

Ela não sabia se o comentário era interessante ou cruel, mas viu a si própria na vitrine, com um sorriso relutante.

"Eu não ensino arte."

"Isso aqui é fast-food que eu estou tentando comer devagar. Só tenho entrevista às três e meia. Come devagar. E me diz o que você ensina."

"Eu não ensino nada."

Ela não lhe disse que também estava desempregada. Havia se cansado de explicar o que fazia, um cargo administrativo, numa editora educativa, então para que ter todo esse trabalho, pensou, agora que o cargo e a firma não existiam mais.

"O problema é que é contra a minha natureza comer devagar. Eu tenho que ficar me reprimindo o tempo todo. Mas mesmo assim eu não consigo."

Mas não era essa a razão. Ela não lhe disse que estava desempregada, porque seria um ponto em comum entre eles. Não queria isso, uma infecção de comiseração mútua, um vínculo de camaradagem. Que o tom permanecesse dispersivo.

Ela bebeu seu suco de maçã e olhou para as multidões que passavam depressa, rostos que pareciam completamente cognoscíveis por cerca de meio segundo e depois eram esquecidos para sempre em muito menos tempo que isso.

Disse ele: "A gente devia ter ido a um restaurante de verdade. Aqui é difícil conversar. Você não está confortável".

"Não, aqui está ótimo. Eu estou meio que com pressa agora."

Ele pareceu pensar nesta afirmação e em seguida rejeitá-la, sem se sentir desestimulado. Ela pensou em ir ao banheiro e depois mudou de ideia. Pensou na camisa do homem morto, a camisa de Andreas Baader, mais suja e mais ensanguentada num quadro do que no outro.

"E você tem compromisso às três", disse ela.

"Três e meia. Mas está longe. É outro mundo, onde eu amarro a gravata e entro e digo a eles quem eu sou." Fez uma pausa breve, depois olhou para ela. "Quem é você?"

Ela viu-se a si própria sorrindo. Mas não disse nada. Pensou que talvez a queimadura de corda no pescoço de Ulrike não fosse uma queimadura e sim a própria corda, se era mesmo uma corda e não um arame ou um cinto ou alguma outra coisa.

Ele disse: "Essa fala é sua. 'Quem é você?' Eu preparei o caminho pra você direitinho e você deixou passar a deixa".

Eles terminaram de comer, mas seus copos de papel ainda não estavam vazios. Falaram sobre aluguéis e locações, bairros da cidade. Ela não queria lhe dizer onde morava. Morava a apenas três quarteirões dali, num prédio de tijolo maltratado, cujas limitações e defeitos ela passara a tomar como a textura de sua vida, coisas distintas das reclamações de um dia comum.

Então ela lhe disse. Estavam falando sobre lugares para correr e andar de bicicleta, e ela lhe disse onde morava e onde corria, e contou que sua bicicleta fora roubada do porão do prédio, e, quando ele perguntou onde ela morava, ela lhe disse, num tom mais ou menos indiferente, e ele tomou seu refrigerante diet e olhou pela vitrine, ou então para ela, talvez, para os reflexos pálidos das imagens deles dois, lado a lado, na vidraça.

Quando ela saiu do banheiro ele estava parado à janela da cozinha, como se esperando que uma vista se materializasse. Não havia nada para ver, só alvenaria empoeirada e vidro, os fundos do prédio industrial da rua ao lado.

O apartamento era um loft, em que a cozinha não era totalmente separada por paredes e a cama ficava num canto, uma cama mais para pequena, sem colunas nem cabeceira, coberta com um manto berbere de cor viva, o único objeto ali que merecia algum destaque.

Ela sabia que tinha de lhe oferecer uma bebida. Sentia-se desajeitada, não sabia fazer essas coisas, com uma visita inesperada. Onde sentar, o que dizer, eram questões a considerar. Não mencionou o gim que guardava no congelador.

"Você está aqui há quanto tempo?"

"Quase quatro meses. Sou uma nômade", disse ela. "Apartamentos sublocados, casas de amigos, sempre por pouco tempo. Desde que o casamento acabou."

"O casamento."

Ele disse isso numa versão modificada do tom de barítono que usara antes para dizer "o Estado".

"Eu nunca fui casado. Você acredita?", disse ele. "A maioria dos meus amigos da minha idade. Todos eles, na verdade. Casados, com filhos, divorciados, com filhos. Você tem vontade de ter filhos um dia?"

"Um dia quando? Tenho, acho que sim."

"Eu penso em filhos. Faz eu me sentir um egoísta, isso de não querer ter família. Isso de não ter emprego é o de menos. Vou ter emprego em breve, um bom emprego. Não é isso. Eu tenho medo de criar, sabe, uma criaturinha pequena e macia."

Tomavam água com gás com fatias de limão, sentados na diagonal da mesa baixa de madeira, a mesa de centro em que ela fazia suas refeições. A conversa surpreendia-a um pouco. Não era difícil, nem mesmo nas pausas. As pausas não eram constrangidas, e ele parecia sincero em seus comentários.

O celular dele tocou. Ele o extraiu do corpo e falou rapidamente, depois ficou parado com o objeto na mão, com ar pensativo.

"Eu devia me lembrar de desligar. Mas aí eu penso: se desligar, o que é que eu vou perder? Uma coisa incrível."

"O telefonema que muda tudo."

"Uma coisa incrível. Aquele telefonema que muda toda a sua vida. Por isso que eu respeito o meu celular."

Ela tinha vontade de olhar para o relógio.

"Quando te ligaram, ainda há pouco, era a sua entrevista? Cancelada?"

Ele disse que não, e ela olhou de relance para o relógio de parede. Ela não sabia se queria ou não que ele perdesse a entrevista. Não podia ser isso que ela queria.

"Quem sabe você é como eu", disse ele. "É só quando está prestes a acontecer uma coisa que você consegue começar a se preparar pra ela. É aí que você fica séria."

"Estamos falando sobre paternidade?"

"Na verdade, eu é que cancelei a entrevista. Quando você estava lá", disse ele, indicando com a cabeça o banheiro.

Ela sentiu uma sensação estranha de pânico. Ele terminou a água mineral, inclinando a cabeça para trás até que uma pedra de gelo entrou em sua boca. Ficaram parados por algum tempo, deixando o gelo se derreter. Em seguida, ele olhou diretamente para ela, futricando uma das pontas da gravata desamarrada.

"Me diz o que você quer."

Ela ficou parada.

"Porque eu tenho a sensação de que você não está preparada, e eu não quero fazer uma coisa antes do tempo. Mas, você sabe, nós estamos aqui."

Ela não olhou para ele.

"Não sou um desses homens controladores. Não preciso controlar ninguém. Me diz o que você quer."

"Nada."

"Uma conversa, um papo, qualquer coisa. Afeto", disse ele. "Não estamos vivendo um momento importante da história. O momento vai passar. Mas nós estamos aqui, quer dizer."

"Eu quero que você vá embora, por favor."

Ele deu de ombros e disse: "Tanto faz". E continuou sentado.

"Você disse: 'Me diz o que você quer'. Eu quero que você vá embora."

Ele continuou sentado. Não se mexeu. Disse: "Cancelei esse negócio por um motivo. Acho que o motivo não é este, esta conversa em particular. Estou olhando pra você. Estou dizendo a mim mesmo: sabe como ela é? Ela é como uma convalescente".

"Estou disposta a assumir que o erro foi meu."

"Quer dizer, nós estamos aqui. Como foi que isso aconteceu? Não houve erro. Vamos ser amigos", disse ele.

"Acho que a gente tem que parar agora."

"Parar o quê? O que é que nós estamos fazendo?"

Ele tentava falar em voz baixa, para reduzir a tensão do momento.

"Ela é como uma convalescente. Mesmo lá no museu, foi isso que eu pensei. Está bem. Tudo bem. Mas agora nós estamos aqui. Este dia inteiro, independente do que a gente diga ou faça, vai passar."

"Não quero continuar com isso."

"Vamos ser amigos."

"Isso não está legal."

"Não, vamos ser amigos."

A voz dele continha uma intimidade tão falsa que parecia um pouco ameaçadora. Ela não sabia por que continuava sentada. Ele inclinou-se em direção a ela então, pousando a mão de leve no seu antebraço.

"Eu não tento controlar as pessoas. Não sou assim."

Ela recuou e levantou-se, e aí ele cercou-a por todos os lados. Ela encolheu a cabeça nos ombros. Ele não exerceu pressão nem tentou acariciar seus seios ou seus quadris, porém a mantinha cercada a certa distância. Por um momento ela como que desapareceu, encolhida, imóvel, escondida, ofegante. Então recuou. Ele deixou-a recuar e ficou olhando-a de modo tão direto, com tal efeito mensurador, que ela quase não o reconheceu. Ele estava avaliando-a, marcando-a de alguma maneira terrível e fulminante.

"Vamos ser amigos", ele disse.

Ela deu por si sacudindo a cabeça, tentando desacreditar o momento, torná-lo reversível, um mal-entendido. Ele a observava. Ela estava parada perto da cama, e era precisamente essa a informação contida no olhar dele, essas duas coisas, ela e a cama. Ele deu de ombros, como se dizendo: é a coisa certa a se fazer. Porque qual o sentido de estar aqui se a gente não fizer o que veio aqui para fazer? Então tirou o paletó, uma sequência de movimentos executados sem pressa que pareciam ocupar todo o recinto. Com a camisa branca amassada ele ficou maior do que nunca, suado, um total desconhecido para ela. Segurava o paletó a seu lado, com o braço estendido.

"Veja como é fácil. Agora você. Comece com os sapatos", disse ele. "Primeiro um pé, depois o outro."

Ela foi em direção ao banheiro. Não sabia o que fazer. Andava ao longo da parede, cabeça baixa, uma pessoa caminhando às cegas, e entrou no banheiro. Fechou a porta, mas teve medo de trancá-la. Achou que isso ia irritá-lo, incitá-lo a fazer alguma coisa, quebrar alguma coisa, algo pior. Não passou o trinco. Estava decidida a só fazer isso se ouvisse seus passos se aproximando do banheiro. Tinha a impressão de que ele não saíra do lugar. Estava certa, quase certa, de que ele estava parado ao lado da mesa de centro.

Ela disse: "Por favor, vá embora".

Sua voz saiu tão artificial, tão aguda, tão pequena, que ela ficou mais assustada ainda. Então ouviu-o mexer-se. Ele parecia mover-se de modo quase pachorrento. Era como se estivesse passeando, quase, e passou pela serpentina da calefação, que estremeceu um pouco, indo em direção à cama.

"Você tem que ir embora", disse ela, agora mais alto. Ele estava sentado na cama, tirando o cinto. Foi o que ela julgou ouvir, a ponta do cinto saindo da alça e depois o estalinho da fivela. Ela ouviu o zíper sendo aberto.

Estava em pé, encostada à porta do banheiro. Depois de algum tempo ouviu-o respirando, um som de trabalho concentrado, nasal e cadenciado. Continuou parada, esperando, cabeça baixa, corpo contra a porta. Não havia nada a fazer senão escutar e esperar.

Quando ele terminou, houve uma pausa longa, depois um farfalhar de roupas e um mudar de posição. Ela julgou ouvi-lo vestir o paletó. Agora ele vinha em sua direção. Ela se deu conta de que podia ter trancado a porta antes, quando ele estava na cama. Continuou parada, esperando. Então sentiu que ele se apoiava na porta, o peso morto de seu corpo, a dois centímetros de distância dela, não empurrando, mas pressionando. Ela fechou o trinco, silenciosamente. Ele pressionava, respirando, afundando na porta.

Ele disse: "Perdão".

Sua voz era quase inaudível, quase um gemido. Ela continuava parada, esperando.

Ele disse: "Mil perdões. Por favor. Não sei o que dizer".

Ela esperou que ele saísse. Quando o ouviu atravessar a sala e fechar a porta após sair, finalmente, esperou mais um minuto. Então saiu do banheiro e trancou a porta da frente.

Ela via tudo duas vezes agora. Estava onde queria estar, e sozinha, mas nada era o mesmo. Filho da puta. Quase tudo no apartamento tinha um efeito duplo — o que a coisa era e aquilo a que ela estava associada em sua mente. Saiu para caminhar e quando voltou a conexão continuava lá, na mesa de centro, na cama, no banheiro. Filho da puta. Jantou num pequeno restaurante perto dali e foi se deitar cedo.

Quando ela voltou ao museu na manhã seguinte, encontrou-o sozinho na galeria, sentado no banco no meio da sala, de costas para a porta de entrada, olhando para a última pintura do ciclo, de longe a maior e talvez a mais impressionante, a dos caixões e da cruz, chamada *Funeral*.

Meia-noite em Dostoiévski

Éramos dois rapazes graves, encarangados em nossos casacos, o inverno impiedoso chegando. A faculdade ficava nos limites de uma cidadezinha no extremo norte do estado, mal chegava a ser uma cidade, talvez uma aldeia, dizíamos, ou um lugarejo, e fazíamos caminhadas o tempo todo, saindo, não indo a lugar nenhum, o céu baixo e as árvores nuas, quase não havia vivalma na rua. Era assim que nos referíamos à população local: eram almas, eram espíritos em trânsito, um rosto na janela de um carro que passava, borrado pela luz refletida, ou uma rua comprida com uma pá enfiada num monte de neve, ninguém à vista. Caminhávamos paralelamente aos trilhos quando um velho trem de carga veio vindo, e paramos e ficamos a olhar. Parecia uma espécie de evento histórico que passa quase sem ser notado, uma locomotiva a diesel e cem vagões fechados atravessando uma região remota, e nós compartilhamos um momento silencioso de respeito, eu e Todd, pelos tempos idos, a fronteira extinta, e então seguimos em frente, falando sobre nada em particular, mas extraindo alguma coisa disso. Ouvimos o apito do trem quando ele desapareceu na tardinha.

Foi nesse dia que vimos o homem do casaco com capuz. Discutimos sobre o casaco — jaqueta alpina, anoraque, parca. Era a nossa rotina; sempre estávamos prontos para encontrar um pretexto para discussão. Fora para isso que aquele homem nascera, para terminar naquela cidadezinha usando aquele agasalho. Ele estava a alguma distância à nossa frente, caminhando devagar, as mãos entrelaçadas atrás das costas, uma figura diminuta virando numa rua residencial e desaparecendo.

"Casaco alpino não tem capuz. O capuz não faz parte do contexto", disse Todd. "É uma parca ou um anoraque."

"Tem outros. Sempre tem outros."

"Diz um."

"Japona."

"Jaquetão."

"Japona."

"A palavra implica capuz?"

"A palavra implica botão tipo cavilha."

"O casaco tinha capuz. A gente não sabe se o botão era tipo cavilha."

"Irrelevante", argumentei. "Porque o cara estava com uma parca."

"Anoraque é um termo inuíte."

"E daí?"

"Pra mim é anoraque", disse ele.

Tentei inventar uma etimologia para a palavra *parca*, mas não consegui pensar rápido. Todd já estava falando em outra coisa — o trem de carga, as leis do movimento, os efeitos da força, introduzindo sorrateiramente uma pergunta sobre o número de vagões puxados por aquela locomotiva. Não havíamos combinado de antemão que uma contagem seria feita, mas cada um sabia que o outro estaria contando, embora falássemos sobre outros assuntos. Quando lhe disse qual era meu número, ele calou-se, e eu sabia o que isso queria dizer. Queria dizer que ele havia chegado ao mesmo número. Isso não era para acontecer — ficávamos desconcertados, o mundo ficava achatado — e caminhamos por algum tempo num silêncio constrangido. Até mesmo em questões de pura realidade física, dependíamos de um atrito entre nossas faculdades básicas de sensação, a dele e a minha, e compreendemos então que o resto daquela tarde seria dedicado à marcação de diferenças.

Demos meia-volta, porque tínhamos uma aula vespertina.

"Anoraque é um negócio pesado. Aquele agasalho do homem parecia bem leve", disse eu. "E anoraque tem capuz forrado de pelo. Pensa na origem do termo. Foi você que falou nos inuítes. Inuíte não usa pelo pra forrar o capuz? Lá tem urso polar. Tem morsa. Eles precisam de agasalho volumoso, pesado, de cima a baixo."

"Nós vimos o cara de trás", disse ele. "Como é que você sabe qual era o tipo de capuz? De trás e de longe."

Pensa na origem do termo. Eu estava usando o que ele dissera sobre os inuítes contra ele, obrigando-o a dar uma resposta razoável, um raro sinal de fraqueza de sua parte. Todd era um pensador implacável, que gostava de elaborar um fato ou uma ideia até o sétimo nível de interpretação. Era alto e desengonçado, só osso, o tipo de corpo que nem sempre está sincronizado com suas dobradiças e juntas. Alguém comentou que ele tinha a aparência de filho ilegítimo de um casal de cegonhas, e outros preferiam citar avestruzes. Ele não parecia saborear a comida, e sim consumi-la, absorvê-la, matéria ingerível de origem vegetal ou animal. Media as distâncias em metros e quilômetros,[*] e levei algum tempo para compreender que não se tratava de uma afetação, e sim de uma necessidade premente de converter

---

[*] O que não é usual nos Estados Unidos, que não usam o sistema métrico. (N. T.)

unidades de mensuração de modo mais ou menos instantâneo. Ele gostava de parar de andar para dar ênfase a um argumento, enquanto eu seguia em frente. Esse era o meu contraponto, deixá-lo parado falando com uma árvore. Quanto mais superficial a nossa discussão, mais nos empolgávamos.

Eu queria dar prosseguimento àquela discussão, continuar dominando, pressioná-lo mais. O que eu dizia tinha importância? "Mesmo daquela distância o capuz parecia pequeno demais pra ser forrado de pelo. O capuz era apertado", argumentei. "Num anoraque de verdade, o capuz é largão, pra caber uma boina de lã embaixo. Não é assim que os inuítes fazem?"

O campus aparecia em fragmentos, entre as árvores altas enfileiradas do outro lado da estrada. Morávamos numa série de prédios que economizavam energia com o uso de painéis solares, telhados cobertos de grama e paredes de cedro-vermelho. As salas de aula ficavam nos prédios originais, blocos de concreto maciço cujo nome coletivo era Presídio, a uma caminhada longa ou uma boa pedalada dos dormitórios, e o fluxo de estudantes de um lado para o outro em enxames tribais parecia parte da arquitetura do lugar. Era o meu primeiro ano ali, e eu ainda estava tentando interpretar os sinais e me adaptar aos padrões.

"Eles têm renas", disse eu. "Eles têm carne de foca e banquisas."

Às vezes abandonávamos o significado em prol do impulso. Que as palavras fossem os fatos. Era essa a natureza das nossas caminhadas — registrar o que havia à nossa volta, todos os ritmos dispersos das circunstâncias e ocorrências, e reconstruí-los como ruído humano.

A aula era de lógica, no Presídio 2, treze alunos sentados ao longo dos dois lados de uma mesa comprida, com Ilgauskas à cabeceira, um homem atarracado, quarenta e muitos anos, naquele dia atormentado por uma tosse periódica. Falava em pé, curvado para a frente, as mãos postas na mesa, e a toda hora ficava um bom tempo olhando fixamente para a parede vazia na extremidade oposta da sala.

"O nexo causal", disse ele, e olhou para a parede. Ele olhava fixamente, nós, de relance. Trocávamos olhares com frequência, de um lado da mesa ao outro. Éramos fascinados por Ilgauskas. Ele parecia estar em transe. Mas não estava apenas distanciado do que dizia, mais uma voz esvaziada ecoando no túnel dos anos de docência. Havíamos concluído, alguns de nós, que ele sofria de uma doença neurológica. Ele não estava entediado, porém simplesmente descosido, falando de modo desenfreado e errático, movido por uma espécie de intuição abalada. Era uma questão de neuroquímica. Havíamos concluído que a doença não era suficientemente conhecida para ter nome. E se não tinha nome, dizíamos, parafraseando uma proposição da lógica, então ela não podia ser tratada.

"O fato atômico", disse ele.

Então discorreu por dez minutos enquanto o escutávamos, trocávamos olhares, tomávamos notas, folheávamos o livro-texto para encontrar refúgio na palavra impressa, algum sucedâneo de sentido que pudesse ser mais ou menos equivalente ao que ele estava dizendo. Não havia laptops nem palmtops na sala. Ilgauskas não os proibia; nós é que o fazíamos, de certo modo, tacitamente. Alguns de nós mal conseguíamos completar um pensamento sem manejar um *touch pad* ou a rolagem do mouse, mas compreendíamos que ali não era lugar para sistemas de processamento de dados de alta velocidade. Eles seriam uma agressão àquele ambiente, que era definido por comprimento, largura e profundidade, com o tempo estendido, computado em batidas de coração. Ficávamos escutando, ou só esperando. Escrevíamos com canetas ou lápis. Usávamos cadernos, com folhas flexíveis de papel.

Tentei trocar olhares com a menina sentada do outro lado da mesa. Era a primeira vez que estávamos um em frente ao outro, mas ela olhava o tempo todo para suas anotações, suas próprias mãos, talvez a textura da madeira da borda da mesa. Eu disse a mim mesmo que ela estava evitando não o meu olhar, mas o de Ilgauskas.

"F e *não* F", disse ele.

Ele a intimidava, o impacto bruto daquele homem, corpo volumoso, voz forte, tosse em staccato, até mesmo o terno escuro e velho que ele usava, e que não era passado a ferro, em todas as aulas, os pelos do peito saindo, crespos, pelo colarinho aberto da camisa. Ele usava termos alemães e latinos sem defini-los. Tentei me introduzir na linha de visão da garota, abaixando-me e olhando para cima. Escutávamos atentamente, todos nós, tentando entender e transcender a necessidade de entender.

Às vezes ele tossia dentro da mão em concha, às vezes sobre a mesa, e imaginávamos formas de vida microscópicas pululando, caindo sobre o tampo da mesa e quicando para um espaço respirável. Os que estavam sentados mais perto dele se esquivavam com uma careta que era também um sorriso, e meio que um pedido de desculpas. Os ombros da moça tímida tremiam, embora ela estivesse a certa distância do homem. Não esperávamos que Ilgauskas pedisse desculpas. Ele era Ilgauskas. Nós é que éramos culpados, de estar ali para testemunhar a tosse, ou por não estar à altura da escala sísmica daquela tosse, ou por outros motivos que ainda desconhecíamos.

"Podemos fazer esta pergunta?", ele indagou.

Aguardávamos a pergunta. Não sabíamos se a pergunta que ele fizera era a pergunta que estávamos esperando que ele fizesse. Em outras palavras, poderia ele fazer a pergunta que estava fazendo? Não era um truque, não era um jogo nem um enigma de lógica. Ilgauskas não fazia tais coisas. Nós esperávamos. Ele olhava fixamente para a parede na outra extremidade da sala.

Era bom estar ao ar livre, sentir a picada hibernal de neve prestes a cair. Eu caminhava por uma rua de casas mais velhas, algumas muito precisadas de uma reforma, tristes e belas, uma janela saliente aqui, uma varanda curva ali, quando ele virou a esquina e veio em minha direção, ligeiramente vergado, com o mesmo casaco, o rosto quase perdido dentro do capuz. Andava devagar, como antes, as mãos atrás das costas, como antes, e pareceu hesitar quando me viu, de modo quase imperceptível, a cabeça baixa agora, a trajetória não tão retilínea.

Não havia mais ninguém na rua. À medida que nos aproximávamos um do outro ele se desviava, e eu também, só um pouco, para tranquilizá-lo, mas ao mesmo tempo lhe dirigi um olhar de esguelha. O rosto dentro do capuz não estava barbeado — um velho grisalho, pensei, narigão, olhos voltados para a calçada, mas também registrando minha presença. Depois que passamos um pelo outro esperei um momento, depois virei-me e olhei. Ele não estava de luvas, e isso me pareceu adequado, não sei bem por quê, sem luvas, apesar do frio implacável.

Cerca de uma hora depois, eu fazia parte do movimento de massa de alunos seguindo em direções opostas, na neve sacudida pelo vento, duas colunas aproximadamente paralelas indo do campus velho para o novo e vice-versa, rostos cobertos por máscaras de esqui, corpos avançando com os ombros contra o vento ou empurrados por ele. Vi Todd, com seus passos largos, e apontei. Era esse o gesto que sempre usávamos como saudação ou sinal de aprovação — apontávamos. Gritei contra o vento enquanto ele passava por mim.

"Vi o cara de novo. Mesmo casaco, mesmo capuz, outra rua."
Ele fez que sim e apontou para trás, e dois dias depois estávamos caminhando nos arredores da cidade. Gesticulei em direção a duas árvores grandes, os galhos nus bifurcando-se a uma altura de quinze ou vinte metros.

"Sicômoro-falso", disse eu.

Ele não disse nada. Para ele, nada importavam as árvores, os pássaros, os times de beisebol. Ele entendia de música, da clássica à serial, e de história da matemática, e de uma centena de outras coisas. Eu entendia de árvores por causa de uma colônia de férias, aos doze anos de idade, e estava certo de que eram mesmo sicômoros. Já falso eram outros quinhentos. Eu podia ter dito sicômoro-figueira, mas sicômoro-falso parecia mais forte, mais informado.

Nós dois jogávamos xadrez. Nós dois acreditávamos em Deus.

Aqui a rua era ladeada por casas altas, e vimos uma mulher de meia-idade saltar de seu carro e pegar um carrinho de bebê no banco de trás e desdobrá-lo. Então ela pegou quatro sacos de compras dentro do carro, um de cada vez, e colocou-os no carrinho. Estávamos conversando e olhando. Conversávamos sobre epidemias, pandemias e pestes, mas estávamos observando a mulher. Ela fechou a porta do carro e foi puxando o carrinho para trás, passando por cima da neve socada da calçada e subindo a longa escadaria que dava na varanda de sua casa.

"Qual o nome dela?"

"Isabel", respondi.

"Fala sério. Nós somos pessoas sérias. Qual o nome dela?"

"Está bem, qual o nome dela?"

"O nome dela é Mary Frances. Escuta só", ele cochichou.

"*Mar-y Fran-ces*. Mary só, nunca."

"Está bem, pode ser."

"De onde você tirou essa história de Isabel?"

Ele fingiu preocupação, pondo a mão no meu ombro. "Não sei. Isabel é a irmã. São gêmeas idênticas. Isabel é a irmã alcoólatra. Mas você está se desviando das questões centrais."

"Não estou, não. Cadê o bebê do carrinho? Quem é a mãe do bebê?", perguntou ele. "Qual o nome do bebê?"

Tomamos a rua que saía da cidade e ouvimos aviões da base militar. Virei-me e olhei para cima, e os aviões surgiram e sumiram, três caças fazendo uma curva para o leste, e então vi o homem do capuz a cem metros de nós, aparecendo no alto da lombada de uma ladeira íngreme, vindo em nossa direção.

Eu disse: "Não olhe agora".

Todd virou-se e olhou. Eu o convenci a atravessar a rua e deixar um espaço entre o homem e nós. Nós o olhávamos de um beco, debaixo de uma tabela de basquete velha, com um aro sem cesta, presa à viga acima da porta de uma garagem. Passou uma picape, o homem parou por um instante e depois seguiu em frente.

"Olha o casaco dele. Não tem botão-cavilha", observei.

"Porque é um anoraque."

"É uma parca — sempre foi uma parca. Daqui não dá pra ver direito, mas acho que ele fez a barba. Ou alguém fez a barba dele. A pessoa que mora com ele. O filho ou a filha, os netos."

Agora ele estava exatamente do outro lado da rua em relação a nós, andando com cuidado para evitar os trechos em que a calçada ainda estava coberta de neve.

"Ele não é daqui", disse Todd. "É de algum lugar na Europa. Trouxeram ele pra cá. Não estava conseguindo se cuidar sozinho. A mulher morreu. Queriam que eles ficassem onde estavam, os dois velhos. Mas aí ela morreu."

Era com certo distanciamento que Todd falava, olhando para o homem, mas dirigindo-se a algo além dele, encontrando sua sombra em algum lugar do outro lado do mundo. O homem não nos via, disso eu tinha certeza. Ele chegou à esquina, uma das mãos atrás das costas, a outra fazendo pequenos gestos como se estivesse conversando, depois virou na rua seguinte e sumiu.

"Viu o sapato dele?"

"Não era bota, não."

"Era um sapato que ia até o tornozelo."

"Cano alto."

"Europeu."

"Sem luva."

"Casaco abaixo do joelho."

"Talvez não seja dele."

"Herdou de alguém mais velho, ou mais moço."

"Pensa no chapéu que ele estaria usando se estivesse de chapéu", disse eu.

"Ele não está de chapéu."

"Mas se estivesse de chapéu, que espécie de chapéu?"

"Ele está de capuz."

"Mas que espécie de chapéu, se estivesse de chapéu?"

"Ele está de capuz", disse Todd.

Andamos até a esquina e começamos a atravessar a rua. Ele começou a falar um instante antes de mim.

"Só tem um tipo de chapéu que ele poderia usar. Um chapéu com uma orelheira que sai de uma orelha e passa por trás da cabeça e chega até a outra orelha. Um boné velho e sujo. Um boné com bico no alto e orelheira."

Eu não disse nada. Não tinha nada a dizer em resposta àquilo.

Não havia sinal do homem na rua em que ele entrara. Por uns dois segundos, uma aura de mistério pairou sobre a cena. Mas o desaparecimento do homem significava apenas que ele morava numa das casas da rua. Era importante saber qual casa? Eu achava que não, mas Todd discordava. Ele queria uma casa que combinasse com o homem.

Caminhávamos lentamente pelo meio da rua, separados por dois metros, usando sulcos deixados na neve pelos carros para facilitar a caminhada. Ele descalçou uma luva e estendeu a mão, espalmando-a e flexionando os dedos.

"Sente só o ar. Pra mim são menos nove graus Celsius."

"Nós não usamos Celsius."*

"Mas ele usa, o lugar de onde ele é, lá é Celsius."

"Ele é de onde? Tem alguma coisa nele que não é totalmente branca. Ele não é escandinavo."

"Nem holandês nem irlandês."

Pensei se ele não seria andaluz. Onde exatamente ficava a Andaluzia? Eu não sabia direito. Ou então usbeque, ou cazaque. Mas essas possibilidades me pareciam irresponsáveis.

"Europa Central", disse Todd. "Europa Oriental."

Apontou para uma casa de madeira cinzenta, uma casa normal de dois andares, com telhado de ripas e nenhum sinal daquela decadência que definia algumas das casas em outras partes da cidade.

"Pode ser essa. A família deixa ele dar uma caminhada de vez em quando, desde que não saia de uma área limitada."

"Ele não se incomoda muito com o frio."

"Está acostumado com um frio muito pior."

"Além disso, ele quase não sente nada nas extremidades", acrescentei.

Não havia enfeite de Natal na porta da frente, nem lampadinhas coloridas. Não vi nada na casa nem no terreno que desse alguma indicação sobre o morador, qual sua origem, seu idioma. Chegamos ao lugar em que a rua terminava num bosque e demos meia-volta.

Tínhamos aula dentro de meia hora, e eu queria apertar o

---

* Nos Estados Unidos, usa-se a escala Fahrenheit de temperatura. (N. T.)

passo. Todd continuava olhando para as casas. Pensei nos países do Báltico e nos países dos Bálcãs, confundindo-os por um momento — qual era qual e onde ficava.

Eu falei antes dele.

"Pra mim, é um sujeito que fugiu da guerra dos anos noventa. Croácia, Sérvia, Bósnia. Ou então que só veio de lá recentemente."

"Não sinto isso aqui, não", disse ele. "Não é o modelo certo."

"Ou então é grego, e o nome dele é Spiros."

"Eu te desejo uma morte indolor", disse ele, sem se dar ao trabalho de olhar para mim.

"Nomes alemães. Nomes com trema."

Esse último comentário tinha apenas o intuito de irritar. Eu sabia disso. Tentei andar mais depressa, mas ele parou por um momento e ficou meio torto observando a casa cinzenta.

"Daqui a algumas horas, pensa só, o jantar já terminou, os outros estão vendo tevê, ele está no quartinho dele sentado na beira de uma cama estreita, de ceroula, olhando pro espaço vazio."

Eu me perguntava se Todd queria que preenchêssemos esse espaço.

Ficávamos esperando durante os longos silêncios, e então fazíamos que sim com a cabeça quando ele tossia, uma aprovação coletiva. Hoje ele só havia tossido duas vezes até aquela hora. Havia um curativo pequeno e preagueado no canto do queixo dele. Ele faz a barba, pensamos. Ele se corta e diz *merda*. Pega um pedaço de papel higiênico e encosta no corte. Então aproxima o rosto do espelho, vendo-se com nitidez pela primeira vez em vários anos.

Ilgauskas, pensa ele.

Nunca nos sentávamos nos mesmos lugares, de uma aula

para a outra. Não sabíamos como a coisa havia começado. Um de nós, movido por um impulso anárquico de improviso, pode ter espalhado o boato de que Ilgauskas preferia que fizéssemos isso. Na verdade, a ideia tinha substância. Ele não queria saber quem nós éramos. Para ele, éramos passantes, rostos borrados, bichos atropelados na estrada. Era um aspecto do seu problema neurológico, pensávamos, considerar as outras pessoas como deslocáveis, e isso parecia interessante, parecia parte do curso, a deslocabilidade, uma das funções de verdade a que ele se referia de vez em quando.

Porém estávamos violando o código, eu e a menina tímida, sentados um em frente ao outro de novo. Isso aconteceu porque eu tinha entrado na sala depois dela e simplesmente fui parar na cadeira vazia imediatamente em frente a ela. A menina sabia que eu estava lá, sabia que era eu, o mesmo garoto de olhar fixo, querendo por força encontrar o olhar dela.

"Imaginem uma superfície sem cor nenhuma", disse ele.

Ficamos imaginando. Ele correu os dedos por entre os cabelos negros, uma massa despenteada que caía para vários lados. Ele não trazia livros para a sala de aula, jamais trazia um livro-texto nem um maço de anotações, e seus monólogos erráticos nos davam a impressão de que estávamos nos transformando naquilo que ele via à sua frente, uma entidade amorfa. Éramos basicamente apátridas. Era como se ele estivesse se dirigindo a prisioneiros políticos com macacões alaranjados. Isso nos enchia de admiração. Estávamos no Presídio, afinal. Trocávamos olhares, ela e eu, timidamente. Ilgauskas debruçou-se sobre a mesa, os olhos pululando de vida neuroquímica. Olhou para a parede, dirigindo-se à parede.

"A lógica termina onde o mundo termina", disse ele.

O mundo, sim. Mas ele parecia falar de costas para o mundo. Por outro lado, o tema não era história nem geografia. Ele estava nos ensinando os princípios da razão pura. Ouvíamos com atenção. Cada comentário fundia-se com o seguinte. Ele era um artista, um abstracionista. Formulava uma série de perguntas e nós fazíamos anotações cuidadosas. As perguntas dele eram irrespondíveis, pelo menos para nós, e de qualquer modo ele não esperava respostas. Não falávamos durante a aula; ninguém jamais falava. Nunca havia perguntas, um aluno dirigindo-se ao professor. Essa velha tradição não funcionava ali.

Disse ele: "Fatos, imagens, coisas".

O que ele queria dizer com "coisas"? Provavelmente nunca íamos saber. Estaríamos sendo passivos demais, complacentes demais com aquele homem? Estaríamos diante de uma disfunção, vendo nela uma forma inspirada de intelecto? Não queríamos gostar dele, apenas acreditar nele. Oferecíamos nossa mais profunda confiança à crueza de sua metodologia. Claro que não havia metodologia nenhuma. A única coisa que havia era Ilgauskas. Ele desafiava nossa razão de ser, o que pensávamos, o modo como vivíamos, a verdade ou falsidade do que julgávamos verdadeiro ou falso. Não é isso que fazem os grandes professores, os mestres zen e os sábios brâmanes?

Ele se debruçou sobre a mesa falando sobre significados previamente fixados. Escutávamos com atenção e tentávamos compreender. Mas compreender àquela altura de nosso estudo, que já durava meses, teria causado confusão, até mesmo uma espécie de desilusão. Ele disse algo em latim, as mãos espalmadas sobre a mesa, e em seguida fez uma coisa estranha. Olhou para nós, correndo a vista por uma fileira de rostos, depois pela outra. Estávamos todos lá, estávamos sempre lá, os seres velados de sempre. Por fim ele levantou a mão e consultou o relógio de pulso. Não importava que horas fosse. O gesto em si significava que a aula havia terminado.

Um significado previamente fixado, pensamos.

* * *

Permanecemos sentados, eu e ela, enquanto os outros recolhiam livros e papéis e pegavam os casacos no encosto das cadeiras. Ela era pálida e magra, o cabelo preso atrás, e tive a impressão de que ela queria ter uma aparência neutra, parecer neutra a fim de desafiar as pessoas a perceberem-na. Ela colocou o livro-texto em cima do caderno, exatamente no centro, levantou a cabeça e ficou esperando que eu dissesse alguma coisa.

"Está bem, qual o seu nome?"

"Jenna. E o seu?"

"Estou pensando em dizer Lars-Magnus só pra ver se você acredita."

"Não acredito, não."

"É Robby", respondi.

"Eu vi você malhando na academia."

"Eu estava no elíptico. E você?"

"Só passando por lá, eu acho."

"É isso que você faz?"

"Mais ou menos o tempo todo", ela respondeu.

Os últimos retardatários estavam saindo agora. Ela se levantou e jogou os livros dentro da mochila, pendurada no encosto da cadeira. Permaneci onde estava, olhando.

"Estou curioso pra saber o que você tem a dizer sobre esse homem."

"O professor."

"Você tem alguma observação a fazer?"

"Eu conversei com ele uma vez", disse ela. "Pessoalmente."

"Sério? Onde?"

"Na lanchonete na cidade."

"Você conversou com ele?"

"Eu tenho esses impulsos de sair do campus. Preciso ir a algum lugar."

"Sei como é."

"É o único lugar onde se pode comer, fora daqui, aí eu entrei e sentei e lá estava ele no reservado em frente ao meu."

"Incrível."

"Eu fiquei olhando pra ele e pensei: é ele."

"É ele."

"Tinha um menu grande, que eu desdobrei, me escondendo atrás dele, e fiquei olhando de esguelha. Ele estava fazendo uma refeição completa, um negócio cheio de um molho escuro saído do centro da Terra. E tinha uma coca com um canudinho dobrado saindo da lata."

"Você falou com ele."

"Eu disse alguma coisa não muito original e ficamos falando assim de modo esporádico. O casaco dele estava no assento em frente a ele e eu estava comendo uma salada e tinha um livro em cima do casaco dele e aí eu perguntei o que é que ele estava lendo."

"Você falou com ele. O homem que faz você baixar a vista de medo e pavor primitivo."

"Era numa lanchonete. Ele estava tomando coca de canudinho", disse ela.

"Fantástico. O que é que ele estava lendo?"

"Ele disse que estava lendo Dostoiévski. Vou te dizer exatamente o que ele disse. Ele disse: 'Dostoiévski dia e noite'."

"Fantástico."

"Aí eu falei da coincidência, que eu andava lendo muita poesia e que tinha lido um poema uns dois dias antes com um trecho que eu lembrava. 'Como meia-noite em Dostoiévski.'"

"Que foi que ele disse?"

"Nada."

"Ele lê Dostoiévski no original?"

"Não perguntei."

"Será que ele lê? Eu fico achando que sim."

Houve uma pausa e em seguida ela disse que ia largar a faculdade. Eu estava pensando em Ilgauskas na lanchonete. Ela me disse que não estava feliz ali, que a mãe dela sempre dizia que ela era doutora em matéria de estar sempre infeliz. Ia para o oeste, disse ela, para Idaho. Não comentei nada. Fiquei sentado com as mãos entrelaçadas em cima do cinto. Ela saiu sem casaco. O casaco dela provavelmente estava no cabide do primeiro andar.

Nos feriados de inverno permaneci no campus, um dos poucos a ficar. Nós nos intitulávamos Os Abandonados e falávamos em frases entrecortadas. A rotina incluía uma postura corporal de zumbi e visão imprecisa, e durou meio dia, quando então todos nos cansamos da história.

Na academia eu fazia minhas caminhadas mudas no elíptico e mergulhava em períodos de ensimesmamento. Idaho, pensei. Idaho, a palavra, tão cheia de vogais e obscura. Então o lugar onde estávamos, ali mesmo, não era suficientemente obscuro para ela?

A biblioteca ficava deserta nos feriados. Entrei com um cartão-chave e peguei um romance de Dostoiévski na estante. Pus o livro numa mesa e o abri e então me debrucei sobre as páginas abertas, lendo e respirando. Era como se nós nos assimilássemos mutuamente, eu e os personagens, e quando levantava a cabeça eu tinha de dizer a mim mesmo onde estava.

Eu sabia onde meu pai estava — em Beijing, tentando encaixar sua firma de valores mobiliários no século da China. Minha mãe estava por aí, talvez nas ilhas ao sul da Flórida com um ex-namorado chamado Raúl. Meu pai pronunciava *rrraúúl*, como se estivesse vomitando.

Coberta de neve, a cidadezinha parecia assombrada, por vezes mortalmente silenciosa. Eu caminhava quase todas as tardes, e o homem do casaco com capuz nunca estava muito longe de meus pensamentos. Eu subia e descia a rua onde ele morava, e era mesmo de esperar que ele nunca fosse visto. Essa era uma qualidade essencial do lugar. Comecei a ganhar intimidade com aquelas ruas. Eu era eu mesmo ali, capaz de ver as coisas em sua singularidade e com clareza, afastado da única vida que conhecera antes, a cidade grande, cheia de camadas sucessivas, mil significados por minuto.

Na mirrada rua do comércio havia três lugares abertos, um deles a lanchonete, e fui lá comer uma vez, e enfiei a cabeça na porta duas ou três vezes, olhando para os reservados. A calçada era de arenito azul, velha e esburacada. Na loja de conveniência comprei uma barra de chocolate e conversei com a balconista sobre a infecção renal da mulher do filho dela.

Na biblioteca, devorei umas cem páginas de uma só vez, letras miúdas e apertadas. Quando saí do prédio o livro permaneceu na mesa, aberto na página em que eu havia parado. Voltei no dia seguinte e o livro continuava lá, aberto na mesma página.

Por que motivo isso parecia mágica? Por que motivo eu por vezes, na cama, instantes antes de adormecer, pensava no livro na sala vazia, aberto na página em que eu havia interrompido a leitura?

Numa dessas meias-noites, logo antes de recomeçarem as aulas, levantei-me da cama, saí para o corredor e andei até o solário. A área era fechada por um teto inclinado de vidro dividido em painéis, e eu destranquei um deles e o abri. Foi como se meu pijama evaporasse. Eu sentia o frio nos poros, nos dentes. Achei que meus dentes estavam estalando. Fiquei olhando, eu estava sempre olhando. Sentia-me como uma criança que aceitara um desafio. Por quanto tempo eu suportaria aquilo? Olhei para o céu

setentrional, o céu vivo, meu hálito se transformando em pequenas baforadas de fumaça, como se eu estivesse me separando de
meu corpo. Eu havia aprendido a gostar do frio, mas aquilo era
uma idiotice; fechei o painel e voltei para meu quarto. Fiquei
por um tempo andando de um lado para o outro, balançando
os braços, tentando agitar o sangue, aquecer o corpo, e vinte minutos depois de eu me deitar outra vez, inteiramente acordado,
tive a ideia. Ela veio do nada, da noite, inteiramente formada,
estendendo-se em várias direções, e quando abri os olhos de manhã ela me cercava por completo, enchendo o quarto.

Naquelas tardes escurecia bem cedo e falávamos quase sem
parar, andando em passo acelerado contra o vento. Todos os assuntos tinham associações espectrais, o problema de fígado con-
gênito de Todd se combinava com minha ambição de correr
numa maratona, uma coisa levando a outra, a teoria dos números primos levando à presença concreta de caixas de correio ru-
rais alinhadas numa estrada perdida, onze delas em pé, cobertas
de ferrugem a ponto de quase desabarem, um número primo,
proclamou Todd, usando seu celular para tirar uma foto.

Um dia nos vimos perto da rua onde morava o homem do
capuz. Foi então que contei a Todd a ideia que eu havia tido,
a revelação na noite gelada. Eu sabia quem era o homem, expliquei. Tudo se encaixava, todos os elementos, as origens do
homem, seus vínculos familiares, sua presença naquela cidadezinha.

Disse ele: "Está bem".

"Primeiro, ele é russo."

"Russo."

"Ele está aqui porque o filho dele está aqui."

"Ele não tem postura de russo."

"Postura? Qual é a postura? O nome dele pode tranquilamente ser Pavel."

"Não, não pode, não."

"Grandes possibilidades onomásticas. Pavel, Mikhail, Alexei. Viktor com *k*. A falecida mulher dele era Tatiana."

Paramos diante da rua e olhamos em direção à casa de madeira designada como moradia do homem.

"Escuta só", prossegui. "O filho dele mora nesta cidadezinha porque trabalha na faculdade. O nome dele é Ilgauskas."

Esperei que ele demonstrasse estupefação.

"O Ilgauskas é o filho do homem do capuz", disse eu. "O nosso Ilgauskas. Eles são russos, pai e filho."

Apontei para Todd e esperei que ele apontasse em resposta.

Ele disse: "O Ilgauskas é velho demais pra ser filho do homem".

"Ele não tem nem cinquenta anos. O homem está na faixa dos setenta, tranquilamente. Setenta e tantos, provavelmente. A coisa se encaixa, dá certo."

"Ilgauskas é nome russo?"

"E por que é que não haveria de ser?"

"De algum outro lugar, até perto da Rússia, mas não necessariamente russo", disse ele.

Ficamos parados olhando para a casa. Eu devia ter imaginado que encontraria aquele tipo de resistência, mas a ideia tivera tamanho impacto que eu havia deixado de lado meus instintos de cautela.

"Tem uma coisa que você não sabe a respeito do Ilgauskas."

Disse ele: "Está bem".

"Ele lê Dostoiévski dia e noite."

Eu sabia que ele não ia me perguntar como eu descobrira esse detalhe. Era um detalhe fascinante e era meu, não dele, o que significava que ele o deixaria passar sem comentário. Mas o silêncio foi breve.

"Ele tem que ser russo pra ler Dostoiévski?"

"Não é essa a questão. A questão é que tudo se encaixa. É uma formulação, é bem bolada, é estruturada."

"Ele é americano, o Ilgauskas, que nem nós."

"Russo é sempre russo. Ele tem até um sotaquezinho."

"Eu não percebo nenhum sotaque."

"Tem que prestar atenção. O sotaque existe", disse eu.

Eu não sabia se o sotaque existia ou não. O sicômoro-falso não precisava ser falso. Nós elaborávamos variações espontâneas sobre o material que nos era oferecido pelo ambiente que nos cercava.

"Você diz que o homem mora naquela casa. Isso eu aceito", disse ele. "Eu digo que ele mora lá com o filho e a mulher do filho. O nome dela é Irina."

"E o filho. Ilgauskas, como ele é conhecido. Qual o primeiro nome?"

"Não precisamos de primeiro nome. Ele é o Ilgauskas. A gente não precisa de mais nada", disse ele.

O cabelo estava despenteado; o paletó, empoeirado e manchado, prestes a se desmanchar nas costuras dos ombros. Ele se debruçou sobre a mesa, o queixo quadrado, o rosto sonolento.

"Se isolarmos o pensamento solto, o pensamento que passa", disse ele, "o pensamento de origem inescrutável, então começamos a compreender que somos rotineiramente enlouquecidos, cotidianamente malucos."

Adoramos a ideia de que éramos cotidianamente malucos. Parecia perfeitamente verdadeira, real.

"No mais íntimo da nossa mente", disse ele, "só há caos e imprecisão. Nós inventamos a lógica para reprimir o nosso lado animal. Nós afirmamos ou negamos. Dizemos que M implica N."

No mais íntimo da nossa mente, pensamos. Ele disse isso mesmo?

"As únicas leis importantes são as leis do pensamento."

Os punhos dele estavam cerrados sobre a mesa, os nós dos dedos brancos.

"O resto é culto ao demônio", disse ele.

Fomos caminhar, mas não vimos o homem. Os enfeites de Natal tinham sido retirados das portas das casas, em sua maioria, e de vez em quando um vulto encasacado raspava a neve do para-brisa de um carro. Com o tempo começamos a compreender que aquelas caminhadas não eram só passeios a esmo pela cidadezinha. Não estávamos olhando para árvores e vagões de trem, como fazíamos normalmente, nomeando, contando, categorizando. Aquilo era diferente. Havia uma medida no homem do casaco com capuz, o corpo velho recurvo, o rosto emoldurado por um pano, como um monge, uma história, um drama esquecido. Queríamos vê-lo mais uma vez.

Concordamos quanto a isso, eu e Todd, e colaboramos, nesse ínterim, na descrição de um dia na vida dele.

Ele toma café sem leite, numa xícara pequena, e come cereal numa tigela para crianças. A cabeça dele praticamente encosta na tigela quando ele se curva para comer. Jamais olha para o jornal. Volta para o quarto depois do café da manhã e lá fica sentado, pensando. A nora vem para fazer a cama, Irina, embora Todd não se comprometesse com o nome.

Em alguns dias tínhamos de enrolar um cachecol em torno do rosto e falar com vozes abafadas, só os olhos de fora, expostos à rua e ao frio.

Há duas crianças em idade escolar e uma menina menorzinha, a filha da irmã de Irina, que está aqui por motivos ainda não determinados, e o velho muitas vezes passa a manhã vendo desenhos animados na tevê espasmodicamente com a criança, ainda que não sentado ao lado dela. Ele se instala numa poltrona bem distante do televisor, cochilando de vez em quando. De boca aberta, dissemos. A cabeça torta e a boca escancarada. Não sabíamos direito por que estávamos fazendo aquilo. Mas tentávamos ser escrupulosos, acrescentando novos elementos a cada dia, fazendo ajustes e refinamentos, o tempo todo correndo a vista pelas ruas, tentando forçar uma aparição por meio de nossas forças de vontade combinadas.

Sopa no almoço, todo dia é sopa, feita em casa, e ele segura a colher grande acima da tigela de sopa, uma tigela europeia, num gesto semelhante ao da criança, pronto para mergulhar a colher bem fundo.

Todd disse que a Rússia era grande demais para o homem. Ele se perderia naquela imensidão. Melhor Romênia, Bulgária. Melhor ainda, Albânia. Ele é cristão, é muçulmano? Com a Albânia, disse ele, a gente aprofunda o contexto cultural. *Contexto* era a palavra a que Todd sempre recorria.

Quando ele está pronto para sua caminhada, Irina tenta ajudá-lo a abotoar a parca, o anoraque, mas ele a repele com algumas palavras bruscas. Ela dá de ombros e responde da mesma forma.

Dei-me conta de que não havia me lembrado de dizer a Todd que Ilgauskas lê Dostoiévski no original. Era uma verdade factível, uma verdade utilizável. Ela fazia com que Ilgauskas, no contexto, fosse russo.

Ele usa calças com suspensórios, mas depois decidimos que não; ficava estereotipado demais. Quem faz a barba do velho? Ele mesmo? Não queríamos que fosse ele. Mas quem é que faz, e com que frequência?

Era esta a minha ligação cristalina, entre o velho e Ilgauskas e Dostoiévski e a Rússia. Eu pensava nisso o tempo todo. Todd disse que aquilo ia se tornar a obra da minha vida. Eu passaria a vida numa bolha de pensamentos, purificando a ligação.

Ele não tem uma privada só para ele. Ele divide uma privada com as crianças, mas é como se quase nunca a usasse. Ele se aproxima da invisibilidade tanto quanto é possível para um homem numa casa onde moram seis pessoas. Sentado, pensando, desaparecendo em suas caminhadas.

Compartilhamos uma visão do homem na cama, à noite, rememorando — a aldeia, a serra, os mortos da família. Caminhávamos pelas mesmas ruas todos os dias, obsessivamente, e falávamos em voz baixa mesmo quando discordávamos. Faziam parte da dialética nossos olhares de reprovação pensativa.

Ele provavelmente tem um cheiro ruim, mas só quem parece reparar é a criança mais velha, uma menina, treze anos. Ela faz caretas de vez em quando, quando passa atrás da cadeira dele à mesa de jantar.

Era o décimo dia seguido sem sol. O número era arbitrário, mas o estado de espírito estava começando a se impor, não o frio nem o vento, mas a ausência de luz, a ausência do homem. Nossas vozes ganhavam um tom de ansiedade. Ocorreu-nos que talvez ele tivesse morrido.

Falamos sobre isso enquanto voltávamos para o campus.

Vamos matá-lo? Vamos continuar montando sua vida postumamente? Ou terminamos agora, amanhã, no dia seguinte, paramos de vir à cidade, paramos de procurar o homem? De uma coisa eu tinha certeza. Ele não morre albanês.

No dia seguinte, fomos até a rua onde ficava a casa designada. Ficamos lá uma hora, quase sem falar. Estaríamos esperando que ele aparecesse? Acho que não sabíamos. E se ele saísse da casa errada? O que isso quereria dizer? E se outra pessoa qualquer saísse da casa designada, um casal jovem com equipamento de esqui indo em direção ao carro estacionado? Talvez estivéssemos ali apenas para manifestar respeito, parados em silêncio na presença do falecido.

Ninguém saiu, ninguém entrou, e fomos embora inseguros. Minutos depois, quando nos aproximávamos dos trilhos, vimos o homem. Paramos e apontamos um para o outro, imobilizando-nos na pose por um momento. Era muitíssimo prazeroso, era emocionante, ver a coisa acontecer, vê-la ganhar três dimensões. Ele virou numa rua perpendicular à rua em que estávamos. Todd me bateu no braço, virou-se e começou a correr. Comecei a correr também. Estávamos voltando na direção de onde tínhamos vindo. Viramos uma esquina, corremos pela rua, viramos outra esquina e esperamos. Depois de algum tempo ele apareceu, vindo agora em direção a nós.

Era o que Todd queria, vê-lo de frente. Seguimos em direção a ele. O homem parecia seguir um percurso meditativo, traçando meandros com seus pensamentos. Puxei Todd em direção ao meio-fio, para perto de mim, de modo que o homem não tivesse que passar entre nós. Esperamos que ele nos visse. Quase podíamos contar os passos que daria até levantar a cabeça. Foi um intervalo cheio de detalhes tensos. Estávamos tão próximos dele que víamos o rosto afundado, com barba de alguns dias, os lábios apertados, o queixo caído. Então ele nos viu e parou, uma das mãos agarrando um botão do casaco. Parecia assustado dentro do capuz esfarrapado. Parecia deslocado, isolado, uma pessoa que podia mesmo ser o homem que estávamos criando em nossa imaginação.

Seguimos em frente, passando por ele, e demos mais uns oito ou nove passos, e então viramos para trás e olhamos.

"Essa foi boa", disse Todd. "Valeu a pena, mesmo. Agora estamos preparados para dar o próximo passo."

"Não tem próximo passo. Nós conseguimos ver o cara de perto", disse eu. "Sabemos quem ele é."

"Não sabemos nada."

"A gente queria dar mais uma olhada."

"Só durou uns segundos."

"O que é que você quer, tirar uma foto?"

"Meu celular está sem carga", disse ele, a sério. "O casaco é um anoraque, aliás, com certeza, visto de perto."

"É uma parca."

O homem estava a dois quarteirões e meio da esquina à esquerda que o levaria à rua onde ele morava.

"Acho que a gente precisa dar o próximo passo."

"Você já disse isso."

"Acho que a gente precisa falar com ele."

Olhei para Todd. Ele estava com um sorriso fixo, postiço.

"Isso é loucura."

"É totalmente razoável", disse ele.

"Se a gente faz isso, mata a ideia, mata tudo o que a gente fez. Não dá pra falar com ele."

"Vamos fazer umas perguntinhas, só isso. Em voz baixa, tranquilo. Descobrir umas coisas."

"Mas a questão nunca foi ter respostas literais."

"Eu contei oitenta e sete vagões de carga. Você contou oitenta e sete vagões de carga. Não esquece."

"Isso é diferente, e nós dois sabemos que é diferente."

"Não acredito que você não tem curiosidade. A gente só está investigando a vida paralela", disse ele. "Não afeta o que a gente está dizendo esse tempo todo."

"Afeta tudo. É uma violação. É uma loucura."

Olhei para o homem em questão descendo a rua. Ele continuava andando devagar, de modo um pouco errático, agora com as mãos entrelaçadas atrás das costas, o lugar onde elas deviam mesmo estar.

"Se você não se sente à vontade, eu mesmo abordo o cara",
disse ele.

"Não, não faz isso, não."

"Por que não?"

"Porque ele é velho e frágil. Porque ele não vai entender o
que você quer."

"O que é que eu quero? Conversar um pouco com ele. Se
ele se esquivar, eu vou embora na mesma hora."

"Porque ele nem sabe falar inglês."

"Você não sabe se ele não sabe. Você não sabe nada."

Ele começou a se afastar, e eu agarrei-lhe o braço e virei-o
para mim.

"Porque ele vai ficar assustado", insisti. "Só de ver você.
Aborto da natureza."

Todd me encarou. Foi prolongado, esse olhar. Então ele
puxou o braço para livrar-se de mim, e eu empurrei-o para o meio
da rua. Ele virou-se e começou a andar, eu corri até ele e virei-o
para mim e acertei-o no peito com a base da mão. Foi só uma
amostra, uma introdução. Um carro veio em nossa direção e des-
viou, rostos nas janelas. Começamos a nos engalfinhar. Ele era
desajeitado demais para ser contido, todo ângulos, uma confusão de cotovelos e joelhos, e mais forte do que parecia ser. Não
consegui segurá-lo com firmeza, e perdi uma luva. Eu queria
acertá-lo no fígado, mas não sabia onde era o fígado. Ele começou a se debater em câmera lenta. Aproximei-me e acertei-o no
lado da cabeça com a mão nua. Doeu em nós dois, e ele emitiu
um som e encolheu-se em posição fetal. Arranquei-lhe o boné e
joguei-o longe. Eu queria prendê-lo e bater sua cabeça contra o
asfalto, mas ele estava firmemente posicionado, ainda emitindo
o mesmo som, um zumbido determinado, ficção científica. Então ele se desdobrou, corado, os olhos esbugalhados, e começou
a socar às cegas. Dei um passo para trás e tracei um semicírcu-

lo com as pernas, aguardando uma oportunidade, mas ele caiu antes que eu pudesse acertá-lo, levantou-se na mesma hora e começou a correr. O homem do capuz estava quase sumindo na esquina. Vi Todd correndo, com passadas longas e desengonçadas. Ele teria que correr mais para alcançar o homem antes que ele desaparecesse dentro da casa de madeira cinzenta, a casa designada. Vi minha luva perdida no meio da rua. Depois Todd correndo, sem boné, tentando contornar os trechos em que a neve virara gelo. Tudo deserto a seu redor. Eu não conseguia entender a cena. Sentia-me completamente distanciado. O hálito de Todd era visível, trilhas de vapor. Eu me perguntava o que havia feito com que aquilo acontecesse. Ele só queria falar com o homem.

Foice e martelo

Atravessamos o viaduto sobre a estrada, éramos trinta e nove, de macacão e tênis, com guardas à frente, atrás e dos lados, seis ao todo. Embaixo de nós os carros passavam em disparada, um fluxo incessante, a velocidade aumentada por estarmos bem próximos a eles e pelo som que faziam quando passavam sob o viaduto baixo. Não há uma palavra que exprima esse som, pura urgência, prolongada, incessante, rumo ao norte, rumo ao sul, e cada vez que atravessávamos o viaduto eu me perguntava mais uma vez quem eram aquelas pessoas, os motoristas e os passageiros, tantos carros, a premência de sua passagem, as vidas dentro deles. Não me faltava tempo para reparar nessas coisas, tempo para refletir. É uma atividade mortal, a reflexão, mesmo nos níveis mais baixos de segurança, quando há fatores de distração, aberturas para o mundo antigo. A partida de futebol entre detentos no campo abandonado do colégio do outro lado da estrada era uma pausa refrescante no nosso aperto cotidiano, filas no refeitório, contagens de cabeças, regulamentos, reflexões. Os jogadores iam de ônibus, os espectadores iam a pé, os carros passavam zunindo embaixo do viaduto.

Eu caminhava ao lado de um homem chamado Sylvan Telfair, alto, calvo, mergulhado no *páthos*, um banqueiro internacional que antes lidava com instrumentos rarefeitos de finanças offshore.

"Você acompanha os campeonatos de futebol?"

"Eu não acompanho nada", disse ele.

"Mas vale a pena assistir, dadas as circunstâncias, não é? É exatamente assim que eu me sinto."

"Eu não acompanho nada", disse ele.

"Meu nome é Jerold."

"Muito bem", disse ele.

O centro de detenção não era cercado por muros de pedra nem arame farpado. A única coisa que cercava o perímetro agora era um artefato cênico, uma série de postes velhos de madeira que sustentavam grades tortas. Havia quatro dormitórios com beliches em cubículos, privadas e chuveiros. Havia diversas estruturas para a orientação dos detentos, refeições, cuidados médicos, para ver televisão, para malhar e para receber as famílias, entre outras atividades. Havia visitas conjugais para os que eram emparelhados.

"Pode me chamar de Jerry", disse eu.

Eu sabia que Sylvan Telfair não tinha direito a uma suíte de detenção especial, com sistemas audiovisuais, banheiro particular, privilégio de fumar e forno para torrar pão. Só havia quatro suítes assim no centro e o homem parecia, apenas com base em sua postura, seu distanciamento emocional e sua dor discreta, fazer jus a considerações especiais. Foi relegado ao dormitório, pensei. Isso deve parecer a ele uma sentença de prisão perpétua, em meio aos nove anos que trouxe da Suíça ou de Liechtenstein ou das ilhas Caimã.

Eu queria saber alguma coisa a respeito da metodologia do homem, a dimensão de seus crimes, mas não tinha coragem de perguntar, e ele certamente não haveria de responder. Eu estava ali havia apenas dois meses e ainda estava tentando entender quem eu queria ser naquele meio, como devia ficar em pé, me sentar, andar, falar. Sylvan Telfair sabia quem ele era. Era um homem de passadas largas com um macacão bem passado e tênis brancos impecáveis, cadarços amarrados de modo curioso, atrás dos tornozelos, um homem formalmente ausente de todo e qualquer gesto ou palavra que dele partisse.

O barulho do trânsito era apenas um estremecimento das copas das árvores quando chegamos à entrada do centro de detenção.

Quando eu estava no início da adolescência, encontrei a palavra *fantasmático*. Uma palavra incrível, pensei, e decidi que queria ser fantasmático, uma pessoa que entra e sai de fininho da realidade física. Agora estou aqui, um delírio de febre flutuante, mas cadê o resto, as cercanias densas, a coisa dotada de massa e peso? Há um homem aqui cuja aspiração é tornar-se estudioso da Bíblia. A cabeça é muito inclinada para um dos lados, quase encostando no ombro esquerdo, consequência de alguma doença não especificada. Admiro esse homem, gostaria de conversar com ele, inclinando minha cabeça um pouco, sentindo-me seguro nas profundezas de sua erudição, dos idiomas, das culturas, dos documentos, dos rituais. E a cabeça em si, haverá aqui alguma coisa mais real que ela?

Há outro homem que corre de um lado para o outro, o Corredor Mudo é o nome que lhe dão, mas ele faz uma coisa obsessiva e verdadeira, fora das margens de nossos protocolos cotidianos. Ele tem uma pulsação cardíaca, um pulso disparado. E há também jogadores, homens que apostam às escondidas em partidas de futebol, que ficam a semana toda falando de handicaps, nos beliches, no refeitório, os Eagles menos quatro, os Rams têm oito e meio. Estarão apostando dinheiro virtual? Quando se está perto deles, ouvindo-os falar, a coisa é real, tangível, tal como eles, fazendo gestos eficientes, os números brilhando em neon no ar.

Nós assistíamos à televisão numa das salas comunitárias. Havia uma tela plana grande, fixada na parede, alguns canais eram bloqueados, os programas eram escolhidos por um dos prisioneiros veteranos, um homem diferente a cada mês. Eu estava ali para ver um programa em particular, um noticiário vespertino, quinze minutos de duração, num canal infantil. Um dos segmentos era uma reportagem sobre a bolsa de valores. Duas meninas, de um amadorismo empolgado, falavam sobre a atividade do mercado naquele dia.

Eu era o único que estava vendo o programa. Os outros estavam numa espécie de estupor, de cabeça baixa. Tinha a ver com a hora do dia, a época do ano, o crepúsculo que se aproximava, o espectro deprimente dos últimos raios do sol a tremer nas janelas retangulares no alto de uma das paredes. Os homens estavam bem espaçados, reunidos ali para ficarem sozinhos. Era o impulso da autoanálise, a vida perdida como deveria ter sido, um impulso tão irreprimível quanto o que leva o fiel a rezar.

Eu olhava e escutava. As meninas eram minhas filhas, Laurie e Kate, dez e doze anos. A mãe delas me dissera, secamente, ao telefone, que as crianças tinham sido selecionadas para aparecer num programa como esse. Não havia detalhes no momento, disse ela, como se ela própria estivesse relatando uma reportagem num estúdio cheio de tensões em off.

Eu estava sentado na segunda fileira, sozinho, e lá estavam elas, sentadas diante de uma mesa, falando sobre as estimativas referentes ao quarto trimestre, primeiro uma das meninas, depois a outra, duas frases de cada vez, qualidade do crédito, demanda de crédito, o setor tecnológico, o déficit do orçamento. A imagem tinha a qualidade de vídeo de internet, gerado por usuários. Tentei me distanciar, ver as meninas como referências longínquas a minhas filhas, num preto e branco tremido. Eu examinava-as. Observava-as. Elas liam as frases nas páginas que tinham nas mãos, uma levantando a vista do papel quando cedia a vez para a outra.

Isso parecia loucura, uma reportagem sobre a bolsa para crianças? Não havia nada de bonitinho nem de encantador no comentário. As crianças não estavam fazendo de conta que eram adultas. Eram obedientes, intercalando definições e explicações aqui e ali entre as notícias, e então os olhos de Laurie por um segundo exprimiram pânico durante seus comentários sobre o índice Nasdaq Composite — uma palavra truncada, uma frase faltando. A reportagem seria um fragmento hesitante de um programa que ninguém via num obscuro canal de tevê a cabo. Não era uma loucura maior, provavelmente, do que a maior parte das coisas que passam na televisão, e quem, afinal de contas, estaria assistindo?

Meu companheiro de beliche se deitava de meias. Enfiava as pernas da calça do pijama dentro das meias e deitava-se, os joelhos para cima e as mãos dobradas embaixo da cabeça.

"Sinto falta das minhas paredes", comentou.

Ele ficava na cama de baixo. Isso tinha certa importância no centro de detenção, em cima ou em baixo, quem fica onde, tal como em todos os filmes passados em prisões que já tínhamos visto. Norman era meu superior em idade, experiência, ego e tempo de detenção, e eu não tinha motivo para reclamar.

157

Pensei em lhe dizer que todos nós sentíamos falta de nossas paredes, de nossos soalhos e tetos. Mas fiquei esperando que ele continuasse.

"Eu ficava sentado, olhando. Uma parede, depois a outra. Depois de algum tempo eu me levantava e andava pelo apartamento, devagar, olhando, uma parede e depois a outra. Olhando sentado, olhando em pé."

Parecia estar num encantamento, recitando uma história que lhe haviam contado antes de dormir quando era menino.

"Você era colecionador de arte, é isso?"

"Isso mesmo, era, no pretérito. Obras do nível de museus importantes."

"Você nunca me disse isso", observei.

"Eu estou aqui há quanto tempo? As paredes agora são de outra pessoa. A coleção de arte foi desmanchada."

"Você tinha assessores, peritos no mercado de arte."

"Vinha gente pra olhar pras minhas paredes. Europa, Los Angeles, um japonês de uma fundação lá do Japão."

Ficou em silêncio por algum tempo, lembrando. Dei por mim rememorando com ele. O japonês adquiriu uma fisionomia, forma e tamanho específicos, corpulento, ao que parecia, terno claro, gravata escura.

"Colecionadores, curadores, estudantes. Eles vinham e olhavam", disse ele.

"Quem lhe dava assessoria?"

"Eu tinha uma mulher na rua 57. Tinha um cara em Londres, Colin, que sabia tudo sobre os pós-impressionistas. Uma flor de pessoa."

"Você não está falando sério."

"É algo que as pessoas dizem. Uma dessas expressões que fazem parecer que é outra pessoa falando. Uma flor de pessoa."

"Uma esposa e mãe amorosa."

"Eu gostava que eles fossem lá olhar. Todos eles", prosseguiu. "Eu ia olhar com eles. A gente ia de quadro em quadro, de um cômodo a outro. Eu tinha uma casa no vale do Hudson, mais pinturas, umas esculturas. Eu ia pra lá no outono, pra ver a cor das árvores. Mas eu raramente olhava pela janela."

"Olhava pras paredes."

"Eu não conseguia tirar os olhos das paredes."

"E aí você teve que vender."

"Tudo, não sobrou nem uma. Pra pagar multas, pagar dívidas, pagar advogados, bancar a família. Dei uma água-forte à minha filha. Uma noite de neve na Noruega."

Norman sentia falta de suas paredes, mas não estava infeliz ali. Estava contente, dizia ele, desgrudado, solto, distante. Livre das necessidades e cobranças desmesuradas dos outros, mas acima de tudo livre de seus impulsos pessoais, sua aquisitividade, seu eterno imperativo de acumular, expandir, construir, comprar uma cadeia de hotéis, fazer um nome. Ali ele estava em paz, dizia.

Eu ficava deitado no beliche de cima, de olhos fechados, escutando. Em todo o prédio, homens em seus cubículos, um falando, um ouvindo, os dois calados, um dormindo, devedores de impostos, devedores de alimentos, usuários de informações privilegiadas, infratores por meio de fundos *hedge*, estelionato postal, fraude relativa a hipotecas ou valores mobiliários, crime fiscal, obstrução da justiça.

A notícia começou a se espalhar. No terceiro dia a maior parte das cadeiras da sala comunitária estava ocupada, e tive que me contentar com um lugar perto do final da quinta fileira. Na tela, as meninas relatavam uma situação que estava se alastrando rapidamente nos Emirados Árabes.

"A palavra é Dubai."

"É essa a palavra que está cruzando continentes e oceanos na assustadora velocidade da luz."

"Os mercados estão caindo depressa."

"Paris, Frankfurt, Londres."

"Dubai tem a pior dívida per capita do mundo", disse Kate. "E agora a bolha da construção civil estourou e Dubai não consegue pagar o que deve aos bancos."

"A dívida é de cinquenta e oito bilhões de dólares", disse Laurie.

"Com uma margem de erro de uns poucos bilhões."

"O índice DAX da Alemanha."

"Caiu mais de três por cento."

"O Royal Bank of Scotland."

"Caiu mais de quatro por cento."

"A palavra é Dubai."

"Essa cidade-estado endividada está pedindo aos bancos que lhe concedam seis meses de moratória."

"Dubai", disse Laurie.

"O custo de segurar a dívida de Dubai contra a possibilidade de inadimplência aumentou cem por cento, dobrou, triplicou, quadruplicou."

"Nós sabemos o que isso significa?"

"Significa que o índice Dow Jones caiu, caiu, caiu."

"O Deutsch Bank."

"Caiu."

"Londres — o índice FTSE 100."

"Caiu."

"Amsterdam — Grupo ING."

"Caiu."

"O Hang Seng de Hong Kong."

"Petróleo cru. Títulos islâmicos."

"Caiu, caiu, caiu."

"A palavra é Dubai."

"Diga."

"Dubai", disse Kate.

A vida antiga se reescreve a cada minuto. Daqui a quatro anos eu ainda vou estar aqui, chafurdando nesse deserto horrendo e escuro. Um futuro livre é difícil de imaginar. Mal consigo divisar a forma do passado cognoscível. Não há nenhum elemento estável, nem fé nem verdade, menos as garotas, nascendo, crescendo, vivendo.

Onde estava eu quando isso acontecia? Estava acumulando diplomas inúteis, dando um curso introdutório sobre dinâmica dos reality shows. Mudei a grafia do meu nome de batismo para Jerold. Eu usava os dedos indicadores e médios para colocar aspas em torno de certos comentários irônicos que eu fazia, e por vezes usava apenas os indicadores, fazendo uma citação dentro de outra citação. Era uma vida assim, do tipo que ri dela própria, e ao que parece jamais dediquei uma atenção maior nem ao meu casamento nem à empresa que dirigi por um breve período. Estou com trinta e nove anos, uma geração abaixo de alguns dos presos daqui, e não me lembro de ter entendido o que foi que fiz para me colocarem neste lugar. Houve um tempo na Inglaterra antiga em que um crime era legalmente punido removendo-se uma parte do corpo do criminoso. Isso seria um incentivo para a memória moderna?

Imagino que vou ficar aqui eternamente, a eternidade já chegou, fazendo mais uma refeição com o consultor político que lambe o polegar para pegar farelos de pão no prato e olhar para eles, ou entrando na fila atrás do dono de banco de investimentos que fala sozinho em mandarim elementar. Penso em dinheiro.

O que eu sabia sobre o dinheiro, até que ponto eu precisava de dinheiro, o que eu fazia quando obtinha dinheiro? Então penso em Sylvan Telfair, distante de todos em sua ânsia, o lucro de bilhões de euros podendo ser separado das coisas que ele comprava, dinheiro como impulso codificado, ideal, uma espécie de ereção discreta que só quem conhece é o homem que está matando cachorro a grito.

"O medo continua a crescer."

"Medo das cifras, medo dos prejuízos que estão se espalhando."

"O medo é Dubai. O assunto é Dubai. Dubai está endividada. Serão cinquenta e oito bilhões de dólares ou oitenta bilhões de dólares?"

"Os banqueiros caminham de um lado para o outro nos pisos de mármore."

"Ou serão cento e vinte bilhões de dólares?"

"Os xeiques estão olhando para os céus nublados."

"Até mesmo as cifras estão entrando em pânico."

"Pensem nos grandes investidores. Estrelas de Hollywood. Esportistas famosos."

"Pensem nas ilhas em forma de palmeira. Pessoas esquiando dentro de um shopping."

"O único hotel sete estrelas do mundo."

"A corrida de cavalos mais rica do mundo."

"O prédio mais alto do mundo."

"Tudo isso é em Dubai."

"Mais alto que o Empire State Building e o prédio da Chrysler somados."

"Somados."

"Nadar na piscina no septuagésimo sétimo andar. Rezar na mesquita no centésimo quinquagésimo oitavo andar."

"Mas cadê o petróleo?"

"Dubai não tem petróleo. Dubai tem dívidas. Dubai tem um grande número de trabalhadores estrangeiros que não têm onde trabalhar."

"Enormes edifícios comerciais estão vazios. Prédios residenciais estão inacabados, se enchendo de areia trazida pelo vento. Pensem na areia e no vento. Tempestades de areia escondendo a paisagem. Vitrines vazias pra todos os lados."

"Mas cadê o petróleo?"

"O petróleo está em Abu Dhabi. Diga o nome."

"Abu Dhabi."

"Agora vamos dizer o nome juntas."

"Abu Dhabi", elas disseram.

Fora Feliks Zuber, o mais velho dos prisioneiros, que escolhera o programa das crianças para ser visto. Feliks agora vinha todos os dias, ficava no centro da primeira fileira, condenado a setecentos e vinte anos. Ele gostava de virar-se e acenar para os que estavam sentados perto dele, de vez em quando fazendo menção de bater palmas sem chegar a encostar uma mão trêmula na outra, um homem pequenino e amarrotado, que parecia velho o bastante para estar prestes a terminar de cumprir sua pena, óculos escuros, macacão roxo, cabelo tingido de negro-morte.

A duração de sua pena impressionava a todos. Ele fora punido por ter comandado a manipulação de um golpe de investimento envolvendo quatro países, que derrubou quatro governos e quebrou três empresas, sendo boa parte do dinheiro desviado para o tráfico de armas enviadas para rebeldes num encrave secessionista no Cáucaso.

A magnitude de seus crimes exigiria um ambiente bem mais severo do que aquele, mas ele fora mandado para lá por estar muito doente, com um futuro que se media em semanas e dias. Às vezes homens iam para lá a fim de morrer, em circunstâncias confortáveis. Percebíamos isso com base em seus rostos, principalmente, em seu campo de visão reduzido, em seu recolhimento sensorial, e no silêncio que traziam consigo, um recato de claustro, como se tivessem feito votos. Feliks não era silencioso. Ele sorria, acenava, saltava e estremecia. Ficava sentado na beira da cadeira enquanto as meninas relatavam notícias de mercados em queda e economias em estado de choque. Era um homem que acompanhava o desenrolar-se de um antiquíssimo truísmo via televisão panorâmica. Ele levaria o mundo consigo ao morrer.

O campo de futebol fazia parte de um campus mal-assombrado. Uma escola primária e uma secundária foram fechadas porque o condado não tinha recursos para mantê-las em funcionamento. Os prédios antiquados estavam parcialmente demolidos, e ainda havia alguns equipamentos de demolição largados na lama.

Os prisioneiros gostavam de manter o campo em boas condições, traçando com giz linhas e arcos, colocando bandeiras nos cantos, fincando as traves bem fundo no chão. As partidas eram um passatempo sério para os jogadores, dois ou três deles mais jovens, todos com uniformes improvisados, correndo, parando, andando, agachando-se, por vezes apenas curvando-se a partir da cintura, ofegantes, as mãos nos joelhos, olhando para a turfa sulcada onde suas vidas estavam aprisionadas.

O número de espectadores diminuía à medida que os dias iam esfriando, e depois também foi diminuindo o número de jogadores. Eu ia sempre, e ficava soprando nas mãos, batendo com os braços no peito. Os treinadores dos times eram prisioneiros, os árbitros eram prisioneiros, e os espectadores instalados nas três fileiras de assentos velhos e quebrados da arquibancada eram prisioneiros. Os guardas ficavam a postos, aqui e ali, ora assistindo, ora não.

As partidas foram ficando mais estranhas. Regras eram inventadas, violadas, abreviadas, de vez em quando uma briga irrompia, e o jogo continuava em torno dele. Eu vivia na expectativa de que um jogador caísse de repente, com um infarto ou uma convulsão. Os espectadores raramente aplaudiam ou gemiam. Aquilo começou a parecer um lugar inexistente, homens se deslocando numa distância onírica, bandeirinhas compartilhando um cigarro. Atravessávamos o viaduto, assistíamos à partida, voltávamos para o outro lado do viaduto.

Eu pensava no papel do futebol na história, inspirando guerras, tréguas, multidões furiosas. O jogo era uma paixão global, bola esférica, grama ou turfa, nações inteiras em espasmos de êxtase ou lamentação. Mas que espécie de esporte é esse em que os jogadores não podem usar as mãos, com exceção do goleiro? As mãos são instrumentos humanos essenciais, as coisas que agarram e seguram, que fazem, pegam, carregam, criam. Se o futebol tivesse sido inventado pelos americanos, não haveria um intelectual europeu a sustentar que nossa natureza historicamente puritana nos levara a inventar um jogo fundado em princípios antimasturbatórios?

Essa é uma das coisas em que eu penso sobre as quais eu antes nunca tinha que pensar.

O que havia de notável em Norman Bloch, meu companheiro de beliche, não era a coleção de obras de arte que ele outrora exibia nas paredes. O que me impressionava era o crime que ele havia cometido. Era por si próprio uma espécie de arte, do tipo conceitual, em escala radical, um ato tão fortuito e no entanto de tal modo transgressivo que Norman, o qual já estava ali há um ano, ainda teria de passar seis anos no centro, no beliche, na clínica, nas filas do refeitório, no meio da algazarra dos secadores de mãos nos banheiros.

Norman não pagava impostos. Não entregava relatórios trimestrais nem declarações anuais e não pedia extensões dos prazos. Não pré-datava documentos, nem abria fundos fiduciários nem fundações, nem abria contas secretas, nem utilizava os mecanismos de jurisdições offshore. Não era um dissidente político nem religioso. Não era um niilista, alguém que rejeitava todos os valores e instituições. Era completamente transparente. Simplesmente não pagava. Era uma espécie de letargia, disse ele, assim como há pessoas que evitam lavar os pratos ou fazer a cama. Essa ideia me animou. Lavar os pratos, fazer a cama. Ele disse que não sabia quando fora a última vez que havia pagado impostos. Quando lhe perguntei sobre seus consultores financeiros, seus colegas de trabalho, ele deu de ombros, ou então imaginei que o fez. Eu estava no beliche de cima, ele no de baixo, dois homens de pijama, jogando conversa fora.

"Essas meninas. É incrível", disse ele. "E as notícias, principalmente as más notícias."

"Você gosta de más notícias."

"Todos nós gostamos de más notícias. Até as meninas gostam de más notícias."

Pensei em contar para ele que as meninas eram minhas filhas. Ninguém ali sabia disso, e era melhor que fosse assim. Não queria que os homens do dormitório ficassem olhando para mim, falando comigo, contando para todos no centro de detenção. Eu estava aprendendo a desaparecer. Aquilo me caía bem, era meu estado natural, dia a dia, voltar a ser fantasmático.

Melhor não falar nas meninas.

Então falei sobre elas, em voz baixa, em seis ou sete palavras.

Houve uma pausa longa. Ele tinha o rosto redondo, Norman, um nariz achatado, os cabelos crespos estavam ficando grisalhos.

"Você nunca disse isso, Jerry."

"Fica só entre nós."

"Você nunca diz nada."

"Só pra você. Ninguém mais. É sério", afirmei. "Kate e Laurie. Eu fico vendo elas e é difícil entender como foi que isso tudo aconteceu. O que é que elas estão fazendo lá, o que é que eu estou fazendo aqui? É a mãe delas que escreve as matérias. Ela não me disse isso, mas eu sei. É ela que está por trás de tudo isso."

"Como é que ela é, a mãe delas?"

"Nós estamos legalmente separados."

"Como é que ela é?", ele perguntou.

"Bastante inteligente, de um jeito meio cortante. Uma beleza, assim, disfarçada. Você tem que prestar atenção pra perceber."

"Você ainda ama ela? Acho que eu nunca amei a minha mulher. Não no sentido original da palavra."

Não perguntei o que ele queria dizer com isso.

"A sua mulher amava você?"

"Ela amava as minhas paredes", ele respondeu.

"Eu amo as minhas filhas."

"E ama a mãe delas também. Eu percebo isso", disse ele.

"Percebe isso de onde, aí da cama de baixo? Não dá pra você ver nem o meu rosto."

"Eu já vi o seu rosto. O que é que tem pra se ver?"

"A gente se afastou de repente. Não fomos nos afastando aos poucos, não, foi de repente."

"Não me diga que eu estou enganado. Eu percebo as coisas. Eu adivinho as coisas", ele disse.

Olhei para o teto. Havia chovido horas a fio, e eu tinha a impressão de que ouvia barulhos de carros na estrada molhada, carros passando a toda por debaixo do viaduto, motoristas atentos para a noite, tentando adivinhar a estrada a cada curva e lombada.

"Eu vou te explicar. É como se elas estivessem jogando um jogo", ele disse. "Esses nomes todos que elas ficam dizendo. O Hang Seng de Hong Kong. Isso é engraçado pra uma criança. E quando uma criança diz isso, fica engraçado pra nós. E vou apostar uma coisa com você. Tem um monte de criança vendo esse noticiário, porque passa num canal infantil. Elas veem porque é engraçado. Que diabo é o Hang Seng de Hong Kong? Eu não sei. Você sabe?"

"A mãe delas sabe."

"Aposto que sabe. Ela também sabe que é um jogo, essa coisa toda. E é tudo engraçado. Você é um cara de sorte", disse ele. "Essas meninas são incríveis."

Feliz ali, o Norman. Não estamos na prisão, ele gostava de dizer. Estamos num acampamento.

Com o tempo a situação no Golfo Pérsico começou a melhorar. Abu Dhabi deu um socorro financeiro de dez bilhões de dólares e uma tranquilidade relativa logo se espalhou pelo golfo e através das redes digitais por todos os mercados do mundo. Isso causou desânimo na sala comunitária. Embora as meninas estivessem melhorando seu desempenho e demonstrassem estar se preparando mais a sério, a plateia começou a escassear, e em pouco tempo só vinham uns poucos espectadores, sonolentos e pensativos.

Nós tínhamos televisão, mas o que havíamos perdido, todos nós, ao entrar para o centro de detenção? Havíamos perdido nossos apêndices, nossas extensões, os sistemas de dados que

168

nos mantinham alimentados e limpos. Onde estava o mundo, o nosso mundo? Havíamos perdido os laptops, os smart phones, os sensores de luz e os megapixels. Nossas mãos e nossos olhos precisavam de coisas que não lhes podíamos dar agora. As telas sensíveis ao toque, as plataformas móveis, os discretos sinais que avisavam a hora de um compromisso ou um voo ou uma mulher num quarto em algum lugar. E a sensação, a consciência tácita, agora perdida, de que alguma coisa mais nova, mais inteligente, mais rápida, cada vez mais rápida, estava prestes a surgir. Também fora perdida a tecnoansiedade que esses dispositivos implicavam de modo rotineiro. Mas precisávamos dela tanto quanto precisávamos dos próprios dispositivos, daquela tensão inerente, daquelas precauções e frustrações. Elas não seriam essenciais para nossa mentalidade? A possibilidade de um sinal perdido e da queda do sistema, a memória que precisa ser recarregada, a identidade roubada com uma série de cliques. Informação, isso era tudo, informação entrando e saindo. Estávamos sempre ligados, queríamos estar sempre ligados, precisávamos estar sempre ligados, mas isso agora era passado, a sombra de outra vida.

Certo, éramos adultos, e não garotos de olhos arregalados, escravos de vínculos tribais, e aquilo não era um centro de tratamento de viciados na internet. Nós vivíamos no espaço real, sem vícios, livres da dependência letal. Mas sofríamos de uma privação. Estávamos amolecidos, recurvados. Era uma coisa que raramente comentávamos, uma coisa de que era difícil abrir mão. Havia momentos fugazes de ócio em que sabíamos exatamente do que sentíamos falta. Sentados na privada, depois da descarga, ficávamos olhando para as mãos vazias.

Eu queria estar à frente da televisão para ver o noticiário do mercado, nos dias úteis, às quatro da tarde, mas nem sempre conseguia. Eu fazia parte de uma equipe que era levada de ônibus em determinados dias para a base da aeronáutica que ficava ao lado do centro, onde lixávamos e pintávamos, fazíamos serviços gerais de manutenção, carregávamos lixo e por vezes ficávamos só vendo um caça a jato passar rugindo pela pista e subir no céu, à luz de um sol baixo. Era uma cena bonita de ver, um avião decolando, as rodas sendo recolhidas, as asas virando-se para trás, a luz, o céu riscado, o nosso grupo, três ou quatro, ninguém dizendo nem uma palavra. Seria nesses momentos, mais do que em mil outros, que tínhamos a consciência mais viva da magnitude de nossa ruína?

"Toda a Europa está olhando para o sul. O que é que se vê?"

"A Grécia."

"Vê-se instabilidade fiscal, uma dívida onerosíssima, a possibilidade de um calote."

"*Crise* é uma palavra de origem grega."

"Será que a Grécia está escondendo sua dívida pública?"

"Será que essa crise está se espalhando à velocidade da luz para o resto dos países meridionais, para toda a zona do euro, para os mercados emergentes de todo o mundo?"

"A Grécia está precisando de socorro financeiro?"

"A Grécia vai abandonar o euro?"

"A Grécia está escondendo a natureza de sua dívida?"

"Qual o papel de Wall Street nessa questão crítica?"

"O que é um contrato de permuta financeira de crédito? O que é inadimplência de dívida externa? O que é uma sociedade de propósito específico?"

"Nós não sabemos. Você sabe? Você está interessado em saber?"

"O que é Wall Street? Quem é Wall Street?"

Riso tenso em alguns grupos na plateia.

"Grécia, Portugal, Espanha, Itália."

"As ações despencam no mundo inteiro."

"O Dow Jones, o Nasdaq, o euro, a libra."

"Mas cadê as paralisações, as greves, as operações-padrão?"

"Olhem para a Grécia. Olhem para as ruas."

"Quebra-quebras, greves, protestos, piquetes."

"Toda a Europa está olhando para a Grécia."

"*Caos* é uma palavra de origem grega."

"Voos cancelados, bandeiras incendiadas, pedras voando pra um lado, gás lacrimogêneo voando pro outro."

"Os trabalhadores estão zangados. Os trabalhadores estão fazendo passeatas."

"Culpem os trabalhadores. Enterrem os trabalhadores."

"Congelem os salários deles. Aumentem os salários deles."

"Roubem dos trabalhadores. Ferrem os trabalhadores."

"Um dia desses, esperem e vejam."

"Novas bandeiras, novas faixas."

"Foice e martelo."

"Foice e martelo."

A mãe ensinou as meninas a ler as falas num fluxo equilibrado, numa cadência. Elas não estavam só lendo, estavam atuando, mostrando expressões faciais, divertindo-se a sério. Ferrem os trabalhadores, Kate dissera. Pelo menos a mãe encarregara a menina mais velha de usar essa expressão vulgar.

A reportagem diária sobre o mercado estaria se transformando numa espécie de performance?

O dia inteiro a história correu pelo centro de detenção, de um prédio a outro, de um homem a outro. Dizia respeito a um condenado à morte no Texas ou em Missouri ou em Oklahoma e as últimas palavras que ele pronunciara antes que um indivíduo autorizado pelo estado injetasse a substância mortífera ou ativasse a corrente elétrica.

As palavras eram: *Chuta os pneus e acende o fogo — estou indo pra casa.*

Alguns de nós ficamos arrepiados ao ouvir a história. Ela nos inspirava vergonha? Será que achávamos esse homem, pousado à beira afiada de seu último suspiro, mais autêntico do que nós, um fora da lei de verdade, merecedor da atenção mais cruelmente escrupulosa do Estado? Sua morte era oficialmente aprovada, um ato recebido com satisfação por alguns, com protestos por outros. Se ele tivesse passado metade da vida preso, na solitária e por fim na seção dos condenados à morte, por ter cometido um ou dois homicídios, onde é que nós estávamos e o que havíamos feito para estarmos presos ali? Será que sequer nos lembrávamos de nossos crimes? Seria mesmo correto chamá-los de crimes? Eram transgressões, evasões, contravenções chochas, bundas-moles.

Alguns de nós, menos autodepreciativos, simplesmente ouvíamos a história balançando a cabeça, reconhecendo o mérito do homem que honrara seu momento, a poesia rude daquelas palavras. Quando ouvi ou entreouvi a história pela terceira vez, a prisão estava firmemente situada no Texas. Os outros lugares não tinham nada a ver — o homem, a história e a prisão eram todos do Texas. Nós estávamos em outro lugar, assistindo a um programa para crianças na televisão.

"Que história é essa de foice e martelo?"

"Não quer dizer nada. Palavras", respondi. "Como Abu Dhabi."

"O Hang Seng de Hong Kong."

"Isso mesmo."

"As meninas gostam de dizer isso. Foice e martelo."

"Foice e martelo."

"Abu Dhabi."

"Abu Dhabi."

"Hang Seng."

"Hong Kong", disse eu.

E continuamos assim por algum tempo. Norman continuava a murmurar os nomes quando fechei os olhos e dei início à longa marcha rumo ao sono.

"Mas eu acho que ela quer dizer isso mesmo. Acho que ela está falando sério. Foice e martelo", disse ele. "Ela é uma mulher séria que tem algo a dizer."

Eu assistia à cena de longe. Eles estavam passando pelo detector de metais, um por um, e seguindo em direção ao centro de visitação, as esposas e os filhos, os amigos leais, os sócios, os advogados que iam escutar, num ambiente confidencial, os prisioneiros que, olhando para eles fixamente, iam queixar-se da comida, do trabalho, de como eram raras as reduções de pena.

Tudo parecia achatado. Os visitantes seguiam vagarosos e monocromáticos. O céu praticamente não existia, esvaziado de luz e fenômenos meteorológicos. As famílias estavam agasalhadas e pálidas, mas eu não sentia o frio. Estava parado do lado de fora do dormitório, mas podia estar em qualquer lugar. Imaginei uma mulher andando em meio aos outros, esbelta, de cabelos negros, sozinha. Não sei de onde ela saiu, de uma foto que eu vira uma vez, ou um filme, talvez francês, passado no Sudeste Asiático, uma cena de sexo debaixo de um ventilador de teto. Ali ela trajava uma túnica branca comprida e calças largas. Ela fazia parte de outro contexto, disso não havia dúvida, mas eu não precisava me perguntar o que ela estava fazendo ali. Ela havia saído da mente sonolenta ou do céu achatado.

A roupa que ela usava tinha um nome e eu quase sabia qual era, quase consegui apreendê-lo, então ele escapuliu. Mas a mulher continuava ali, com sandálias claras, a túnica com fendas dos lados, com um sutil estampado de flores na frente e atrás.

O ventilador no teto virava lentamente no calor intenso, um pensamento que eu não queria, de que eu não precisava, mas lá estava ele, mais pensamento do que imagem, uma coisa de anos atrás. Quem seria o homem que ela viera visitar? Eu não estava esperando nenhuma visita, não queria vê-las, nem mesmo minhas filhas, não seria direito elas me verem ali. De qualquer modo, estavam a três mil quilômetros dali, e tinham mais o que fazer. Será que eu conseguia situar a mulher na minha presença imediata, face a face, cada um de um lado de uma mesa no amplo espaço aberto que logo ficaria cheio de prisioneiros, esposas e filhos, com um guarda numa mesa elevada, a vigiar?

De uma coisa eu tinha certeza. O nome do traje da mulher continha duas palavras, duas palavras curtas, e eu ganharia o dia, toda a semana, se conseguisse me lembrar delas. O que mais havia para fazer? Em que outra coisa eu poderia pensar que me proporcionasse uma sensação razoável de completude?

Vietnamitas — as palavras, a túnica, a calça, a mulher.

Então pensei em Sylvan Telfair. Ele era o prisioneiro que ela vinha visitar, um homem cujo endereço era o mundo. Eles haviam se conhecido em Paris ou Bangcoc. Haviam se encontrado num terraço ao cair da tarde, tomando vinho e falando francês. Ele era refinado e autoconfiante e ao mesmo tempo meio calado, um homem que ela haveria de achar atraente, muito embora fosse uma ideia minha, fosse minha visão secreta, com trajes de seda.

Eu olhava e pensava.

Quando as palavras me vieram à mente, muitas horas depois, *ao dai*, eu já tinha perdido todo o interesse pelo assunto.

Éramos agrupados, aglomerados, amontoados, emparelhados, homens por toda parte, vivendo em enxames, ocupando todos os espaços, estendidos ao longo de todo o campo de visão. Eu gostava de imaginar que estávamos envolvidos num processo maoísta de autocorreção, aperfeiçoando nossa existência social por meio da repetição. Trabalhávamos, comíamos e dormíamos numa rotina mecanizada, todas as semanas, todos os dias, todas as horas, avançando em direção ao conhecimento através da prática. Mas isso era uma especulação das horas de ócio. Talvez fôssemos apenas toneladas de carne assimilada, nossa carne coletiva disposta em cubículos, arregimentada em dormitórios e refeitórios, enfiada em macacões de cinco cores, classificadas, catalogadas, cada cor para um dado nível de transgressão. As cores tinham para mim uma espécie de *páthos* cômico, sempre presentes, tons vivos a contrastar, a sobrepor-se, a entrecruzar-se. Eu tentava não nos imaginar como palhaços de circo que haviam se esquecido de pintar o rosto.

"Para você, ela é sua inimiga", disse Norman. "Você e ela, inimigos figadais."

"Acho que isso não é verdade, não."

"É natural. Você pensa que ela está usando as meninas contra você. É isso o que você acredita, bem no fundo, mesmo que não admita que é verdade."

"Acho que não é isso, não."

"Mas tem que ser. Ela está te atacando com base nos erros que você cometeu nos negócios. O que era mesmo que você fazia? Por que é que você veio parar aqui? Acho que nunca me disse."

"Não é interessante."

"A gente não está aqui pra ser interessante."

"Eu administrava uma empresa de um homem que comprava empresas. Informações iam e vinham. O dinheiro mudava de mãos. Advogados, comerciantes, consultores, sócios majoritários."

"Quem era o homem?"

"Era o meu pai", respondi.

"Qual o nome dele?"

"Ele teve uma morte tranquila, antes da coisa acontecer."

"Que coisa?"

"Minha condenação."

"Qual o nome dele?"

"Walter Bradway."

"Eu conheço esse nome?"

"Você conhece o nome do irmão dele. Howard Bradway."

"Um dos mosqueteiros dos fundos de cobertura", disse ele.

Norman estava vasculhando a memória, em busca de uma confirmação visual. Imaginei o que ele estava imaginando. Ele estava formando uma imagem do meu tio Howie, um homem grande e rubicundo, sem camisa, com óculos de aviador, com um poodle miniatura na dobra do cotovelo. Uma imagem razoavelmente famosa.

"Uma tradição de família. É isso?", ele perguntou. "Empresas diferentes, cidades diferentes, esquemas temporais diferentes."

"Eles acreditavam em certo e errado. O certo e o errado dos mercados, das carteiras de títulos, das informações privilegiadas."

"Então era a sua vez de entrar para o negócio. Você sabia o que estava fazendo?"

"Eu estava definindo quem eu era. Foi o que meu pai disse. Ele dizia que o lugar das pessoas que têm que definir quem elas são é o dicionário."

"Porque você me dá a impressão de ser o tipo de pessoa que nem sempre sabe o que está fazendo."

"Eu mais ou menos que sabia. Sabia perfeitamente."

Ouvi Norman retirando o celofane com que improvisara uma tampa para seu pequeno pote de geleia de figo e depois usando o dedo para passar a substância num biscoito salgado. Nos dias de visita, sua advogada sempre introduzia clandestinamente no centro de detenção um pote de geleia de figo da Dalmácia, sem a tampa de metal. Norman dizia que gostava do nome, Dalmácia, dálmata, a história dos Bálcãs, o Adriático, aquele cachorrão pintado. Gostava de ter acesso a uma comida que vinha daquele lugar específico com aquele nome específico, todos os ingredientes naturais, e de comê-la num biscoito comum do refeitório, clandestinamente, uma ou duas vezes por semana.

Ele dizia que sua advogada trazia o pote escondido em algum lugar de seu corpo. Era um comentário que ele fazia como se de passagem, num tom neutro, feito sem nenhuma intenção de que acreditassem nele.

"Qual a sua filosofia em relação ao dinheiro?"

"Nenhuma", respondi.

"Teve um ano que eu acumulei dinheiro pra caralho. Um ano em particular. Coisa de, no total, nove dígitos, tranquilo. Dava pra eu sentir que ele acrescentava anos à minha vida. O dinheiro faz a gente viver mais. Ele entra na corrente sanguínea, nas veias e vasos capilares. Conversei com meu clínico geral sobre isso. Ele falou que a intuição dele dizia que talvez eu tivesse razão."

"E as obras de arte nas suas paredes? Faziam você viver mais?"

"As obras de arte, eu não sei, não. Uma boa pergunta."

"Dizem que as grandes obras de arte são imortais. Pois eu acho que elas têm alguma coisa de mortal. Elas contêm uma visão da morte."

"Essas pinturas maravilhosas, as formas e cores. Esses pintores mortos. Não sei", disse ele.

Levantou a mão em direção à minha cama e traçou um círculo com uma manchinha de geleia de figo em meio biscoito. Não aceitei, mas obrigado. Ouvi-o mastigando o biscoito e mergulhando na cama. Então fiquei à espera dos últimos comentários do dia.

"Ela está falando diretamente com você. Você entende isso, usando as meninas."

"Eu acho que não, absolutamente."

"Em outras palavras, essa ideia nunca te ocorreu."

"Tudo já me ocorreu. Tem coisas que eu rejeito."

"Qual o nome dela?"

"Sara Massey."

"Um nome bom e direto. Eu vejo uma mulher forte, com raízes que remontam a um passado distante. Princípios, convicções. Se vingando das suas atividades ilegais, por você ter sido preso, talvez até por você ter ido trabalhar com o seu pai."

"Muita esperteza minha não saber isso. O que me poupa muito sofrimento."

"Essa mulher com uma beleza disfarçada, pra usar as suas palavras. Ela faz você se lembrar do que fez. Está falando com você. Abu Dhabi, Abu Dhabi. Hang Seng, Hong Kong."

À nossa volta, sepultados em cubículos, suspensos no tempo, agora infalivelmente calados, homens com problemas dentários, problemas médicos, problemas matrimoniais, exigências dietéticas, vulnerabilidades psicológicas, homens com apneia de sono, o ronco noturno de tramoias envolvendo o imposto sobre o petróleo, paraísos fiscais, espionagem industrial, suborno, estelionato relativo a seguro de saúde, heranças, imóveis, fraude via Correios, formação de quadrilha.

Eles começaram a chegar cedo, enchendo a sala comunitária, alguns carregando cadeiras dobráveis e montando-as. Havia outros nas passagens laterais, um transbordamento de prisioneiros, guardas, empregados da cozinha, funcionários do centro de detenção. Eu havia conseguido encontrar um lugar na quarta fileira, quase exatamente no centro. A sensação de um acontecimento, uma notícia no calor da hora, todas as convergências de forças globais emocionais que nos traziam ali numa onda de expectativas complexas.

Um ramo de flores molhadas de chuva fora afixado a uma das janelas altas. A primavera, mais ou menos, chegando tarde este ano.

Havia quatro salas comunitárias, uma para cada dormitório, e eu tinha certeza de que todas estavam abarrotadas, prisioneiros e outras pessoas, reunidos numa estranha harmonia, ouvindo crianças a falar sobre uma catástrofe econômica.

Quando já estava quase na hora, Feliks Zuber levantou-se por um instante de seu lugar na primeira fileira, erguendo uma mão cansada para silenciar a multidão que se acomodava em seus assentos.

Percebi de imediato que as meninas estavam usando jaquetas iguais. Isso era uma novidade. A imagem estava mais nítida e mais estável, em cores. Então me dei conta de que elas estavam sentadas atrás de uma mesa comprida, uma mesa de noticiário e não uma mesa comum. Por fim, os roteiros — não havia roteiros. Elas estavam usando um ponto eletrônico, lendo suas falas numa velocidade bem alta, fazendo de vez em quando uma pausa tática, na hora certa.

"A Grécia está vendendo títulos negociáveis, levantando euros."

"Os mercados estão se acalmando."

"A Grécia está adotando novas medidas de austeridade."

"A pressão imediata está diminuindo."

"A Grécia e a Alemanha estão conversando."

"Votos de confiança. Pedidos de paciência."

"A Grécia está preparada para restaurar a confiança."

"Um pacote de socorro de quarenta bilhões de dólares."

"Como se diz obrigado em grego?"

"*Efharisto.*"

"Diga isso de novo, devagar."

"F. Harry Stowe."

"F. Harry Stowe."

Fizeram uma saudação batendo os punhos cerrados, com uma expressão neutra no rosto, sem se entreolharem.

"Talvez o pior já tenha passado."

"Ou então o pior está por vir."

"Será que a operação de socorro à Grécia vai ter o resultado esperado?"

"Ou vai ter o resultado oposto?"

"O que seria o resultado oposto?"

"Pensem nos mercados em outros lugares."

"Alguém está olhando para Portugal?"

"Todo mundo está olhando para Portugal."

"Alto endividamento, baixo crescimento."

"Fazer empréstimo, fazer empréstimo."

"Euro, euro, euro."

"A Irlanda está com problemas. A Islândia está com problemas."

"Já pensamos na libra esterlina?"

"A vida e a morte da libra esterlina."

"A libra não é o euro."

"A Grã-Bretanha não é a Grécia."

"Mas a libra está dando sinais de fraqueza? Será que o euro vai ser o próximo? E o dólar ainda aguenta por muito tempo?"

"Estão falando da China."

"Há problemas na China?"

"Há um bolha na China?"

"Como se chama a moeda da China?"

"A da Letônia é o lat."

"A de Tonga é a ponga."

"A da China é o rebimbi."

"O rebimbô."

"A da China é o rebimbó."

"O rebubu."

"E agora, o que vai acontecer?"

"Já aconteceu."

"Alguém se lembra?"

"Queda do mercado, mil pontos em um oitavo de segundo."

"Um décimo de segundo."

"Mais depressa, mais fundo."

"Um vigésimo de segundo."

"As telas brilham e vibram, os telefones saltam das paredes."

"Um centésimo de segundo. Um milésimo de segundo."

"Não é real, é irreal, é surreal."

"Quem está fazendo isso? De onde vem isso? Pra onde vai isso?"

"Aconteceu em Chicago."

"Aconteceu no Kansas."

"É um filme, é uma música."

Eu sentia o clima da sala, uma intensidade crescente, uma necessidade de algo a mais, algo mais forte. Permanecia distanciado, olhando para as meninas, pensando na mãe delas, o que ela tinha em mente, para onde ela estaria nos levando.

Laurie disse em voz baixa, cantarolando: "Em quem confiamos? A quem recorremos? Como é que vamos dormir?".

Kate disse depressa: "A tecnologia informática vai conseguir acompanhar as operações de compra e venda computadorizadas? As dúvidas em longo prazo vão dar lugar a dúvidas em curto prazo?".

"O que é uma compra por esbarro de dedo? O que é uma venda a descoberto?"

"Quantos trilhões de dólares estão sendo emprestados às economias em crise da zona do euro?"

"Quantos zeros há num trilhão?"

"Quantas reuniões na calada da noite?"

"Por que é que a crise não para de piorar?"

"Brasil, Coreia, Japão, qualquer lugar."

"O que é que estão fazendo e onde é que estão fazendo?"

"Greve de novo na Grécia."

"Passeatas nas ruas."

"Estão incendiando bancos na Grécia."

"Estão pendurando faixas nos templos sagrados."

"Povos da Europa, à luta."

"Povos do mundo, uni-vos."

"A maré está subindo, a maré está virando."

"Pra lá ou pra cá? Depressa ou devagar?"

Houve uma pausa prolongada. Olhávamos e esperávamos. Então o noticiário chegou à hora da verdade, agora ou nunca, o ponto do qual não se pode voltar atrás.

As meninas recitaram juntas:

"*Stálin Krushchov Castro Mao.*"

"*Lênin Brejnev Engels — Pau!*"

Esses nomes, essa interjeição, cantarolados depressa, despertaram um ruído espontâneo entre os prisioneiros. Que espécie de ruído? O que ele significava? Permaneci com o rosto petrificado, no meio daquilo tudo, tentando entender. As meninas repetiram aquelas falas uma vez, depois mais uma vez. Os homens gritavam, berravam, aqueles criminosos de colarinho branco fracotes, parecendo rejeitar tudo em que haviam acreditado a vida toda.

"*Brejnev Khrushchov Mao e Ho.*"

"*Lênin Stálin Castro Chu.*"

Os nomes se sucediam. Era como um coral escolar, os gritos das chefes de torcida, e a reação dos homens foi aumentando em volume e empolgação. Era uma coisa tremenda, e fiquei assustado. O que esses nomes representavam para os prisioneiros? Estávamos muito distantes daqueles nomes engraçados de lugares dos primeiros noticiários. Esses nomes haviam deixado marcas imensas na história. Será que os prisioneiros queriam substituir uma doutrina, um sistema de governo, por outro? Éramos o produto final do sistema, o resultado lógico, cinzas de capital queimado. Éramos também homens com famílias e lares, fosse qual fosse nossa situação no momento. Tínhamos crenças, compromissos. A coisa ia além dos sistemas, pensei. Eles estavam afirmando que nada tinha importância, que as distinções estavam extintas. Que os mercados despencassem e morressem. Que os bancos, as corretoras, os grupos, os fundos, os institutos todos virassem pó.

"*Mao Chu — Fidel Ho.*"

Enquanto isso, nas laterais, imperava o silêncio — guardas, médicos, administradores. Eu queria que aquilo terminasse. Queria que as meninas fossem para casa, fizessem seus deveres de casa, recorressem a seus celulares.

"*Marx Lênin Che — Ei!*"

A mãe delas estava maluca, pervertendo a novidade de um noticiário infantil sobre a bolsa. Os prisioneiros estavam confusos, sucumbindo a uma anarquia irracional. Apenas Feliks Zuber permanecia sóbrio, punho cerrado no ar, num gesto débil, um homem que estava ali por ter tentado financiar uma revolução, capaz de ouvir trombetas e tambores naquele coro de nomes. Demorou algum tempo para que a energia na sala começasse a se aquietar, as vozes das meninas ficando mais calmas.

"Estamos todos esperando por uma resposta."

"Respectivamente, dizem os analistas."

"Ocasionalmente, afirmam os investidores."

"Em outro lugar, dizem os economistas."

"Em algum lugar, insistem as autoridades."

"Isso talvez seja mau", disse Kate.

"Muito mau?"

"Muito mau."

"Tipo o quê?"

"Tipo fim do mundo."

Olhavam fixamente para a câmera, terminando com um sussurro.

"F. Harry Stowe."

"F. Harry Stowe."

O noticiário havia terminado, mas as meninas permaneciam no ar. Paradas, olhando, e nós parados, olhando. O momento tornou-se constrangedor. Laurie olhou de relance para o lado e então foi escorregando da cadeira, saindo do alcance da câmera. Kate permanecia onde estava. Vi uma expressão bem conhecida surgir em seus olhos, na boca, no queixo. Era uma expressão de desobediência. Por que motivo ela haveria de se submeter a uma saída de cena vergonhosa por causa de alguma falha técnica idiota? Ela ia olhar para nós até que piscássemos primeiro. Então nos diria exatamente o que pensava daquilo, do programa em si e das notícias. Era isso que me dava vontade de me levantar e sair de fininho da plateia e caminhar junto à parede e sair para a tarde poeirenta. Porém continuei olhando, e ela também continuou. Estávamos olhando um para o outro. Ela inclinou-se para a frente, apoiando os cotovelos na mesa, as mãos dobradas na altura do queixo como se fosse uma professora do primário irritada por eu estar rindo baixinho e me remexendo na cadeira ou por eu ter feito um comentário burro. A tensão na sala tinha massa e peso. Era isso que eu temia, que ela falasse sobre o noticiário, todo o noticiário o tempo todo, e dissesse que o pai dela sempre afirmara que as notícias existem para que possam desaparecer, que é essa a razão de ser das notícias, onde quer que elas aconteçam. *Nós precisamos que as notícias desapareçam*, diz o meu pai. *Então meu pai virou notícia. Então ele desapareceu.*

Mas ela simplesmente olhava, e logo os prisioneiros foram ficando inquietos. Dei-me conta de que minha mão estava cobrindo a parte inferior do rosto, numa tentativa desnecessária de me disfarçar. Algumas pessoas, primeiro umas poucas, depois mais, depois grupos, todas indo embora agora, algumas se agachando enquanto passavam entre fileiras de assentos. Talvez estivessem tendo o cuidado de não impedir a visão dos outros espectadores, mas pensei que em sua maioria estavam saindo de fininho, sentindo culpa e vergonha. Fosse como fosse, a cena não mudava, Kate no ar, sentada, olhando para mim. Eu me sentia oco por dentro, mas não conseguia me levantar enquanto ela permanecesse em cena. Eu esperava que a tela ficasse em branco, e finalmente, muitos minutos depois, foi o que aconteceu, com chuviscos e tremores.

A sala já estava vazia quando teve início um desenho animado, um menino gordo rolando uma ladeira esburacada. Feliks Zuber ainda estava sentado na primeira fileira, eu e ele os únicos espectadores agora, e eu esperava que ele se virasse e acenasse para mim, ou simplesmente continuasse sentado onde estava, morto.

Abri os olhos algum tempo antes de o dia clarear e o sonho continuava ali, pairando, quase tangível. Não conseguimos fazer justiça a nossos sonhos quando os reelaboramos na memória. Eles parecem emprestados, pertencentes a outra vida, apenas possivelmente nossos, e assim mesmo só nas margens mais remotas. Uma mulher está parada embaixo de um ventilador de teto num quarto de pé-direito alto, imerso na penumbra, na Cidade de Ho Chi Minh, o nome da cidade indelevelmente entretecido com o sonho, e a mulher, obscurecida por um momento, está descalçando as sandálias e começando a parecer familiar, e agora me dou conta do porquê, pois é minha mulher, por mais estranho que pareça, Sara Massey, pouco a pouco despindo as roupas, uma túnica e uma calça larga, um *ao dai*.

Aquilo era para ser erótico, ou irônico, ou apenas mais um pacote aleatório de detritos cranianos? Pensar nisso me deixava tenso, e depois de um momento desci do beliche superior, sem fazer barulho. Norman estava imóvel na cama, usando uma máscara de dormir. Vesti-me, saí do cubículo e atravessei a sala e saí na névoa da madrugada ainda escura. A guarita à entrada do centro estava iluminada, alguém estava de plantão para deixar entrar os furgões de entrega que chegariam trazendo leite, ovos e galinhas sem cabeça das fazendas vizinhas. Fui até a velha cerca de madeira e enfiei-me entre as estacas, fiquei parado por um tempo, olhando para a escuridão, cônscio de minha própria respiração, que me surpreendia, como se fosse um acontecimento que só se dá raramente, em ocasiões memoráveis.

Fui tateando, passando por uma fileira de árvores que margeavam um dos lados de um caminho de terra batida. Segui em direção ao ruído do tráfego e cheguei ao viaduto em dez ou doze minutos. O viaduto estava fechado para veículos, por estar eternamente em obras. Parei mais ou menos no meio dele e fiquei vendo os carros a passar velozes embaixo de mim. Havia uma meia-lua num ponto baixo do céu, que parecia estranhamente submersa na névoa alva. O tráfego era constante, veículos indo e vindo, picapes, caminhonetes, vans, todos contendo as perguntas de quem e onde, àquela hora da madrugada, e derramando o som inarticulado de sua passagem debaixo do viaduto.

Eu olhava e escutava, sem me dar conta da passagem do tempo, pensando na ordem e na disciplina do tráfego, inconscientes, os motoristas mantendo distância, homens e mulheres falíveis, carros à frente, atrás, dos lados, dirigindo à noite, o pensamento longe. Por que não havia vários acidentes por minuto naquele trecho da estrada, mesmo antes da hora do rush matinal? Era nisso que eu pensava do alto do viaduto, o barulho constante, a velocidade pura, a proximidade dos veículos, as diferenças fundamentais entre os motoristas, sexo, idade, idioma, temperamento, história pessoal, carros como brinquedos animados, mas aquilo tudo é carne e osso, aço e vidro, e me parecia um milagre que eles se deslocassem em segurança em direção ao mistério de seus destinos.

Isto é a civilização, pensei, o empuxo do progresso social e material, gente em movimento, testando os limites do tempo e do espaço. Não importava o fedor de combustível queimado, a conspurcação do planeta. O perigo pode ser real, mas é apenas a camada superficial, o verniz inevitável. O que eu estava vendo também era real, mas tinha o impacto de uma visão, ou talvez um presente constante que flameja no olho e na mente do observador como uma explosão iluminadora. Olhe para eles, seja lá quem forem, agindo num acordo implícito, verificando mostradores e números, demonstrando sensatez e perícia, fazendo curvas, freando devagar, prevendo, olhando em três ou quatro direções. Eu ouvia o estremecimento do ar provocado pela passagem dos veículos debaixo de mim, um depois do outro, motoristas tomando decisões instantâneas, com o rádio dando o noticiário e a previsão do tempo, mundos desconhecidos em suas mentes.

Por que eles não batem o tempo todo? A pergunta parecia-me profunda, agora que a primeira luz da manhã surgia a leste. Por que eles não se engavetam ou se chocam de lado? Isso parecia inevitável do meu posto de observação elevado — carros empurrados até a mureta, rodopiando até a morte. Mas eles continuavam seguindo em frente, saindo aparentemente do nada, faróis, lanternas traseiras, e permaneceriam indo e vindo no decorrer de todo aquele dia que estava nascendo, e da noite seguinte.

Fechei os olhos e fiquei escutando. Logo eu voltaria para o centro de detenção, e afundaria no cotidiano da vida de lá. Segurança mínima. Parecia algo infantil, uma expressão condescendente, constrangedora. Eu queria abrir os olhos para estradas vazias e luz ofuscante, apocalipse, a aproximação estrondosa de algo inimaginável. Mas segurança mínima era a minha cara, não era? A mínima quantidade possível, o menor grau de restrição. Lá estava eu, um fugitivo, mas um fugitivo que ia voltar. Quando olhei, finalmente, a névoa estava se dissipando, o tráfego estava mais pesado, motocicletas, caminhões de reboque, carros de famílias, utilitários, motoristas olhando com atenção, o barulho e a pressa, a sensação premente de necessidade.

Quem são eles? Aonde estão indo?

Ocorreu-me então que eu era visível da estrada, um homem no viaduto, àquela hora, em silhueta, um homem parado olhando, e seria uma reação natural dos motoristas, de alguns deles, olhar e se perguntar.

Quem é ele? O que ele está fazendo ali?

Ele é Jerold Bradway, pensei, e ele está respirando a fumaça da livre-iniciativa para sempre.

A Famélica

Quando começou, muito antes das mulheres, ele morava num quarto. Não esperava que sua situação melhorasse. Ali era seu lugar, uma só janela, chuveiro, chapa elétrica, uma geladeira nanica estacionada no banheiro, um armário improvisado para seus parcos pertences. Há uma espécie de mesmice que se assemelha à meditação. Numa manhã ele estava tomando café e olhando para o espaço quando a luminária ligada à tomada por uma extensão pegou fogo. Fiação defeituosa, ele pensou tranquilo, e apagou o cigarro. Viu as chamas subindo, o quebra-luz começando a borbulhar e derreter. A lembrança terminava nesse ponto.

Agora, décadas depois, ele estava sentado, olhando para outra mulher, a que vivia com ele. Ela estava na pia da cozinha, lavando a tigela em que comera cereal, usando a mão nua ensaboada para esfregar as beiras. Estavam divorciados agora, depois de cinco ou seis anos de casamento, ainda dividindo um apartamento, o dela, terceiro andar sem elevador, espaço suficiente, mais ou menos, um cachorrinho que latia no apartamento ao lado.

Ela continuava esguia, a Flory, um pouco torta, os tons suaves do cabelo louro-acastanhado só agora começando a esmaecer. Um de seus sutiãs pendia da maçaneta do armário. Ele olhou para o sutiã, perguntando a si próprio há quanto tempo estaria ali. Era uma vida que lentamente crescera em torno deles, infalivelmente familiar, e não havia muita coisa para ver que não tivesse sido vista em horas, dias, semanas e meses anteriores. O sutiã na maçaneta era uma questão de meses, ele pensou.

Estava sentado em sua cama de vento na extremidade oposta do apartamento estreito, ouvindo a mulher falar à toa sobre seu novo emprego, temporário, lendo o noticiário do trânsito no rádio. Era atriz, desempregada, topando o que lhe aparecesse. A voz dela era no mais das vezes a única que ele ouvia o dia inteiro, uma espécie de cadência líquida com um toque carregado de sotaque sulista. Mas sua voz radiofônica era uma ferramenta elétrica, cheia de explosões e pot-pourris sem pausa para respirar, e sempre que possível, quando ele por acaso estava ali, o que era raro, quando ainda era dia, ele ligava o rádio e escutava a estação só de notícias em que ela ocupava um nicho estreito a cada onze minutos, fazendo o relato do caos rotineiro lá fora.

Ela falava numa velocidade incrível, palavras e expressões-chave habilmente comprimidas num formato codificado, acidentes, obras na pista, pontes e túneis, a duração dos engarrafamentos medida em unidades de tempo geológico. O Brooklyn-Queens Expressway, o Franklin D. Roosevelt Drive, sempre o bíblico Cross Bronx Expressway, dez mil motoristas de olhar mortiço esperando que os portões se abrissem, que os mares se apartassem.

Ele a via se aproximando agora, enviesada, sua linguagem corporal exprimindo curiosidade determinada, cabeça caída para a esquerda, olhos em nível crescente de inspeção minuciosa. Ela parou a uma distância de um metro e meio.

"Você cortou o cabelo?"

Ele ficou a pensar, depois pôs a mão para trás para correr o polegar pela nuca. Uma ida ao barbeiro resumia-se a uns poucos momentos num dia bem programado, algo a que ele se submetia e depois esquecia.

"Acho que sim, com certeza."

"Quando?"

"Não sei. Acho que uns três dias atrás."

Ela deu um passo para o lado, voltando a se aproximar.

"O que deu em mim? Só agora estou reparando", disse ela. "O que foi que ele fez com você?"

"Ele quem?"

"O barbeiro."

"Não sei. O que foi que ele fez comigo?"

"Ele castrou as suas costeletas", ela respondeu.

E pôs a mão no lado da cabeça dele, num tributo à memória, ao que parecia, do que antes havia ali, a mão ainda úmida de lavar a tigela. Então afastou-se com passos de dança, vestiu um casaco e saiu pela porta afora. Era o que elas faziam, elas vinham e iam embora. Ela estava apressada para chegar ao estúdio, no centro, e ele tinha um filme a assistir, às dez e quarenta da manhã, dava para ir a pé, e depois outro filme em outro lugar, e outro em mais outro lugar depois, e depois mais um antes de encerrar seu dia.

Era um dia lento e branco de verão e havia homens de colete laranja operando uma britadeira no meio da rua larga, com barreiras de concreto cercando a fenda em carne viva e todos os semoventes de ambos os lados adotando posturas defensivas, táxis parando e arrancando de novo e pedestres atravessando a rua em etapas, em corridas táticas, com celulares grudados aos ouvidos.

Ele caminhava em direção ao oeste, começando a sentir a carne em seu passo, a largura do peito e das ancas. Sempre fora grande, lerdo e forte, e agora estava maior e mais lerdo, todos aqueles punhados de gorduras saturadas que enfiava na boca, compulsivamente, sentado junto aos balcões de lanchonetes ou em pé ao lado de carrocinhas de sanduíches. Não fazia refeições, e sim engolia comida e pagava e saía correndo, e o ressaibo do que havia absorvido prolongava-se por horas em alguma região inferior de suas entranhas.

Era o jeito de comer de seu pai, o filho já envelhecido assumindo o corpanzil do pai, ainda que dele não assumisse mais nada.

Virou para o norte na Sexta Avenida, sabendo que o cinema estaria quase vazio, três ou quatro almas solitárias. Os espectadores eram almas quando eram poucos. Era o que acontecia quase sempre no final da manhã ou início da tarde. Permaneciam solitários mesmo ao sair do cinema, sem trocar nenhum comentário, nem mesmo um olhar, ao contrário do que faziam as almas em outras variedades de testemunho, um acidente distante ou ameaça da natureza.

Pagou na bilheteria, pegou o ingresso, entregou-o ao homem parado à entrada e foi direto para a catacumba do banheiro. Minutos depois assumiu seu lugar no pequeno auditório e esperou que começasse o filme. Esperar agora, correr depois, eram essas as regras do dia. Os dias eram todos iguais; os filmes não.

Seu nome era Leon Zhelezniak. Levou metade da vida até começar a se encaixar no próprio nome. Haveria para ele uma ressonância naquele nome, ou algo de estrangeiro, uma história, a que ele jamais poderia fazer jus? Havia pessoas que habitavam seus nomes. Ele se perguntava se o nome em si fazia alguma diferença. Ele sentiria talvez essa mesma separação ainda que fosse outro o nome escrito nos cartões de plástico que havia dentro da sua carteira.

A fileira era toda sua, ele instalado no centro exato quando as luzes se apagaram. Quaisquer que fossem as luas de inquietação ou melancolia que pairassem sobre suas experiências recentes ou remotas, era naquele lugar que todas podiam evaporar.

Flory tinha opiniões a respeito da vocação de Leo. Naqueles primeiros anos, entre um e outro trabalho como atriz, locutora, vendedora e passeadora de cachorro, de vez em quando ela o acompanhava, às vezes três filmes no mesmo dia, até mesmo quatro, a novidade daquilo, a loucura inspirada da coisa. Um filme pode ser prejudicado pela pessoa que está assistindo conosco, ali no escuro, um efeito cascata, a cada sequência, a cada tomada de cena. Ambos sabiam disso. Sabiam também que Flory não faria nada que comprometesse a integridade do projeto dele — nada de cochichos, cutucadas, sacos de pipoca. Mas ela não exagerava sua consciência de premeditação cuidadosa. Não era uma pessoa banal. Compreendia que ele não estava transformando um entretenimento rotineiro numa espécie de obsessão infernal.

O quê, então, ele estava fazendo?

Flory propunha teorias. Ele era um asceta, dizia ela. Essa era uma das teorias. Haveria algo de santo e louco em seu empreendimento, um toque de abnegação, de penitência. Ficar sentado no escuro reverenciando imagens. Os pais dele eram católicos? Os avós dele iam à missa todo dia, antes do raiar do dia, em alguma aldeia nos Cárpatos, e ficavam repetindo as palavras de um padre com uma longa barba branca e um manto dourado?

Onde ficavam mesmo os Cárpatos? Flory falava tarde da noite, normalmente na cama, os corpos em repouso, e ele gostava de ouvir essas ideias. Eram ficções impecáveis, sem que ela fizesse nenhuma tentativa de saber de que modo ele via a situação. Talvez ela soubesse que era algo que teria de sair pelos poros, mais uma febre na pele do que o produto de uma mente consciente. Ou então Leo era um homem que estava fugindo do passado. Ele precisava dissipar em sonhos uma lembrança lúgubre da infância, alguma desventura da adolescência. Os filmes são sonhos que temos acordados — devaneios, dizia ela, uma proteção contra o coice daquela maldição antiga, aquela praga. Flory parecia estar recitando as falas de uma remontagem desastrosa de uma peça que outrora fizera sucesso. O som terno de sua voz, o faz de conta que ela conseguia desenvolver, por vezes perturbava Leo, que começava a sentir uma ereção a zumbir por baixo das cobertas.

Ele estava no cinema para ver um filme, perguntava ela, ou talvez, de modo mais restrito, mais essencial, apenas para estar no cinema?

Ele pensou nisso.

Podia ficar em casa vendo televisão, um filme depois do outro, nos canais a cabo, trezentos canais, dizia ela, até alta madrugada. Não precisaria ir de um cinema a outro, pegar o metrô, o ônibus, preocupar-se, correr, e seria bem mais confortável, ele economizaria dinheiro, faria refeições decentes.

Ele pensou nisso. Era óbvio — não era? — que havia alternativas mais simples. Todas as alternativas eram mais simples. Um emprego era mais simples. Morrer era mais simples. Porém ele compreendia que a pergunta de Flory era filosófica, e não prática. Ela estava sondando os recônditos mais profundos de Leo. Estar no cinema para estar no cinema. Ele pensou nisso. Devia a ela aquele gesto.

* * *

A mulher entrou quando o filme começou. Ele não a via fazia algum tempo e ficou surpreso ao se dar conta, só agora, de que havia percebido sua ausência. Era alguém que apenas recentemente havia se alistado — a palavra é mesmo essa? Leo não saberia dizer quando ela começara a frequentar os cinemas. Parecia desajeitada, um pouco angulosa, e bem mais jovem que os outros. Havia outros, o grupo oscilante de quatro ou cinco pessoas que faziam o circuito todos os dias, cada um seguindo seu plano rígido, ziguezagueando pela cidade, de um cinema a outro, de manhã, à noite, nos fins de semana, anos afora.

Leo não se via como membro do grupo. Não falava com os outros, jamais, nunca lhes dirigia uma palavra, nem um olhar. Via-os assim mesmo, de vez em quando, aqui e ali, um ou outro. Eram vultos vagos com rostos de cera, plantados entre os cartazes do hall com roupas surradas, porte inquieto, uma postura pós-operatória.

Ele tentava ser indiferente ao fato de que havia outros. Mas como poderia não se perturbar com isso? Os encontros eram inevitáveis, uma pessoa no Quad, outra no dia seguinte no Sunshine, duas delas no Empire 25, na ampla rotunda ou na escada rolante longa e íngreme que parece conduzir a uma espécie de inferno instalado num arranha-céu.

Mas aquilo era diferente, ela era diferente, e Leo olhava para ela. Estava sentada duas fileiras à frente da sua, na extremidade da fileira, quando as primeiras imagens lançaram uma luz débil sobre a parte dianteira do auditório.

A longa barra metálica, uma tranca, instalada em seu nicho no assoalho, a vinte centímetros da porta da frente. A serpentina de calefação, alta e estreita, uma relíquia, sem tela protetora, com um prato embaixo da válvula para recolher a água que pingava. Às vezes ele ficava olhando para as colunas da serpentina, pensando no que estivesse pensando, algo jamais passível de expressar em palavras.

O banheiro apertado que eles compartilhavam, onde as nádegas largas de Leo mal conseguiam se encaixar entre a banheira e a parede, no assento da privada.

Por vezes ele se levantava de sua cama de vento, quando convidado, e passava a noite com Flory no quarto dela, onde faziam sexo melancólico. Ela tinha um namorado, Avner, mas não dizia nada a respeito dele além de seu nome e do fato de que ele tinha um filho que morava em Washington.

A foto dos avós dela numa das paredes, o tipo de fotografia de família em que a cor e o tom estão de tal modo desbotados que se torna genérica, os antepassados de qualquer um, parentes mortos.

Os cadernos que ele amontoava no fundo do armário, os cadernos de redação de Leo, que pareciam coisa de escola primária, capas rajadas em preto e branco, capas marmorizadas. Eram suas anotações, anos e quilômetros de depoimentos rabiscados, compilados outrora sobre os filmes que ele via. Nome do cinema, título do filme, hora do início, duração da projeção, pensamentos aleatórios sobre o enredo, os protagonistas, as cenas e qualquer outra coisa que lhe ocorresse — os adolescentes sentados perto dele que não paravam de falar e o que ele dissera para fazê-los calar-se, ou a maneira como as legendas brancas sumiam contra um fundo branco, negando-lhe uma discussão acalorada em coreano ou persa.

Na cama com Flory, às vezes lhe ocorria de súbito a imagem de Avner, um vulto escuro de forma mutável envolto num manto escuro, uma presença de lua nova pairando no quarto.

Flory gostava de socá-lo na barriga, de brincadeira. Leo tentava encontrar a graça daquele gesto. Muitas vezes, tarde da noite, ele chegava em casa e a encontrava de pijama, praticando *kickboxing*. Isso fazia parte de um regime que incluía dieta, movimentos estilizados e uma meditação prolongada, deitada no chão com o rosto virado para cima e um pano de prato cobrindo os olhos. No verão ela arranjava trabalhos como atriz, sumia por semanas, e por vezes, estando entorpecidos seus sentidos, ele mal se dava conta de que estava sozinho no apartamento.

O rosto de Leo no espelho, pouco a pouco se tornando assimétrico, as feições não mais todas no mesmo eixo, as sobrancelhas desalinhadas, o queixo torto, a boca ligeiramente pensa.

Quando foi que isso começou a acontecer? O que vai acontecer agora?

Viviam com quase nada, o minguado pé-de-meia de Leo e os biscates ocasionais de Flory. Viviam movidos pelo hábito, ocupando longos silêncios que nunca eram tensos nem constrangedores. Em outras ocasiões, decorando um papel, ela andava de um lado para o outro, testando vozes diferentes, e ele ficava a ouvir sem fazer comentários. Antes ela cortava o cabelo dele, mas depois parou.

Quando se esquecia de algo que queria lhe dizer, Flory voltava para o lugar onde o pensamento tivera origem, cozinha, banheiro, quarto, e esperava que ele voltasse.

Havia uma garrafa de vodca polonesa em cima das fôrmas de gelo na geladeira. Por vezes Leo a ignorava por três meses e então, uma meia-noite, bebia em goles pequenos e metódicos, usando um copo de água, deitando-se na cama de vento uma hora depois, desligado de todo o mundo, restando apenas uma dor latejante e terminal na parte frontal do cérebro.

As reportagens sobre o trânsito, o som da voz de Flory espremido em vinte e cinco segundos de alertas sobre engarrafamentos, bloqueio de pistas, consertos de emergência em muretas. Sentado ao lado do rádio, as costas recurvas, ele aguardava a notícia do colapso global absoluto no relato sobre um veículo que capotara na Gowanus Expressway. Esses noticiários eram a catástrofe geral em gíria iídiche, reformulada na dicção desenfreada e no controle imperturbável da fala de Flory.

O fato de que ela jamais trabalhara num filme, nem fazendo uma ponta, nem como figurante numa multidão. Ele se perguntava se de algum modo, secretamente, ela o culpava por isso.

Todas as coisas com que eles viviam, objetos simples que tinham o estranho poder de dar forma à realidade deles, coisas tocadas mas não vistas, ou vistas e ignoradas.

Ele passou um ano na faculdade quando tinha vinte e muitos anos, trabalhando à noite na agência central dos Correios da Oitava Avenida, e fez um curso de filosofia, aguardando ansiosamente o dia da aula, semana após semana, página após página, vasculhando até as notas de rodapé. Então a coisa ficou difícil e ele parou.

Se não estamos aqui para saber o que uma coisa é, então é o quê?

O sutiã dela pendurado na maçaneta do armário.

Ele pensou: É o quê?

Levantou-se de seu assento enquanto os créditos finais ainda estavam sendo exibidos, algo que só fazia quando os horários de sua programação eram extremamente apertados. Não era o caso naquele dia. Saiu na avenida e parou junto ao meio-fio. Virou-se para o cinema e ficou à espera. Um homem aproximou-se, passando protetor nos lábios, e isso levou Leo a levantar a vista para verificar a posição do sol.

Não demorou para que a moça aparecesse. Usava jeans enfiado nos canos das botas escuras e parecia diferente à luz do dia, mais branca, mais magra, ele não saberia dizer com certeza. Ela se deteve por um momento, gente passando por ela. Leo pensou também que ela parecia preocupada, e em seguida decidiu que não era preocupação e sim apenas uma atenção básica aos detalhes essenciais, a hora do próximo filme, a maneira mais rápida de chegar lá. A moça usava uma camisa cinzenta larga e levava uma bolsa a tiracolo.

Atrás de Leo passavam táxis ruidosos.

Ela começou a afastar-se, cabelo castanho comprido, passos longos e lentos e medidos, bunda apertada dentro do jeans desbotado. Ele imaginava que ela estivesse seguindo em direção à entrada do metrô que ficava a norte dali. Permaneceu onde estava por um momento prolongado, depois deu por si andando na mesma direção que ela, seguindo-a. Estaria mesmo seguindo-a? Precisava de alguém para lhe dizer o que ele estava fazendo? Precisava verificar sua posição no sistema solar porque vira um homem passando filtro solar nos lábios?

O próximo filme do seu dia ficava do outro lado da cidade numa diagonal, lá na rua 86 leste, mas ele poderia pegar o metrô A ali onde estava, se a situação tal exigisse, e depois tomar o ônibus para atravessar o parque. Fazia parte do seu código de deslocamento cotidiano jamais pegar um táxi. Pegar um táxi seria infringir uma regra, embora ele não soubesse dizer exatamente o que isso significava. Mas conhecia o significado do dinheiro, o fato tátil de dinheiro saindo de suas mãos — cédulas dobradas, moedas arranhadas.

Agora seguia em passo acelerado, já pegando no bolso o cartão de transporte. A mulher ainda estava à vista, por um triz, no meio do enxame de pedestres. Leo levava o cartão de transporte no bolso interno do casaco, a programação do dia anotada numa ficha no outro bolso. E também trocados soltos, carteira de dinheiro, chaves da casa, lenço, todos os objetos comuns que estabeleciam a identidade vital de seus dias. Havia também que levar em conta a fome, comida, em breve, para fortalecer o lamentável corpo. No pulso, o velho relógio Seiko com a pulseira de couro gasta.

Leo observava atentamente a chuva nos filmes. Nos filmes estrangeiros, passados na Europa setentrional ou oriental, ao que parecia, por vezes chovia Deus ou chovia morte.

Às vezes, também, ele se imaginava estrangeiro, caminhando curvado e com a barba por fazer, passando por prédios, embora não soubesse dizer por que isso lhe parecia estrangeiro. Podia imaginar-se levando outra vida, alguma cidade sem nome em Belarus ou na Romênia. Os romenos faziam filmes de respeito. Flory lia resenhas de filmes, às vezes em voz alta. Os diretores estrangeiros eram muitas vezes chamados de mestres, o mestre taiwanês, o mestre iraniano. Segundo ela, era preciso ser estrangeiro para ser mestre. Leo se imaginava passando por cafés em cidades em preto e branco, com bondes, e mulheres de batom trajando vestidos bonitos. Essas visões desapareciam após alguns segundos, mas de um modo curioso e sério havia nelas a densidade de toda uma existência comprimida.

Flory achava que ele não precisava imaginar uma vida alternativa de estrangeiro. Ele já levava uma vida alternativa. Na vida real, dizia ela, ele é professor numa escola de subúrbio, num bairro decadente. Num final de tarde, ele e seus colegas se reúnem num bar das vizinhanças e relatam as vidas que poderiam estar levando em outras circunstâncias. Vidas falsas, vidas de piada, mas nas margens da plausibilidade. Depois de algumas doses, é Leo, já chapado, quem propõe a vida mais radical. É esta vida, sua vida, os filmes. Os outros sacodem a cabeça. O

Leo, de jeito nenhum, dizem eles. O sujeito mais pé no chão, pragmático, que toma as coisas do modo mais literal, de todo aquele grupo.

Ela foi contando a história até chegar ao terceiro andar, sem elevador, ele na extremidade oposta do apartamento, sentado na sua cama de vento, dando laços nos sapatos. Era por isso que eles continuavam morando juntos, disse Flory. A natureza impassível de Leo era para ela um alicerce. Ela só precisava do que estava bem à sua vista, esse homem em corpo, em volume descuidado, com uma força gravitacional que a mantinha em equilíbrio.

Tirando isso, Flory vivia ao sabor dos ventos, solta, comendo e dormindo esporadicamente, nunca chegando a fazer as coisas que precisavam ser feitas. O aluguel, a conta do telefone, a goteira, o mofo, as coisas todas que você tem que fazer, o tempo todo, antes que seja encontrada morta, usando a camisola da sua avó. Leo não ia ao médico, mas ela ia ao médico porque ele não ia. Ela comprava remédios porque ele estava ali, varrendo o chão e jogando fora o lixo. Ele não era uma mola comprimida, não havia o que temer. Não havia nenhuma explosão contida naquele vulto acocorado.

Anos depois, as pessoas não conseguem lembrar por que motivo se casaram. Leo não conseguia lembrar por que motivo eles haviam se divorciado. Tinha algo a ver com a visão de mundo de Flory. Ela largou a associação de moradores, a companhia de atores do bairro, o grupo de trabalho voluntário em prol dos sem-teto. Então deixou de votar, deixou de comer carne e deixou de ser casada. Dedicava mais e mais tempo a seus exercícios de estabilização, praticando manter-se em posições corpóreas difíceis, largada sobre um encosto de cadeira, enroscada no chão formando uma bola densa, uma massa, imóvel por períodos prolongados, aparentemente sem ter consciência de outra coisa que não seus músculos abdominais, suas vértebras. Leo tinha a impressão de que ela fora quase engolida pelo meio circunjacente, prestes a desaparecer, a desmaterializar-se.

Ele a observava e pensava numa coisa que ouvira dizer ou lera anos antes, no curso de filosofia.

Toda a existência humana é um truque de luz.

Tentava relembrar o contexto do comentário. Teria a ver com o universo e nosso lugar remoto e transitório de terráqueos? Ou seria uma coisa muito mais íntima, pessoas em quartos e salas, o que vemos e o que deixamos de ver, o modo como passamos uns pelos outros, ano a ano, segundo a segundo?

Eles pararam de ter conversas significativas, dizia ela, e pararam de fazer sexo significativo.

Mas precisavam estar ali, um com o outro, e ele terminou de dar laços nos cadarços e levantou-se e virou-se e levantou a persiana. Uma lâmina estava um pouco deslocada para o lado e ele tentou decidir se deveria recolocá-la no lugar ou deixá-la tal como estava, ao menos por ora. Permaneceu por um momento virado para a janela, quase sem perceber os ruídos do tráfego que vinham da rua.

Era ali que Leo passava uma parte de quase todos os dias, passageiro comum, homem em pé, o metrô, de costas para a porta. Ele e outros, vidas em pausa, rostos esvaziados, e ela também, sentada perto da extremidade do vagão. Leo não precisava olhar diretamente para ela. Lá estava ela, cabeça baixa, joelhos tensos, torso virado para a parede.

Era o período morto em torno do meio-dia, flanqueado pela afobação das duas horas de rush, mas sentada em seu banco a mulher parecia estar cerceada pelos outros, e Leo pensou que ela ainda estava se acostumando com o metrô. Pensou uma série de coisas. Pensou que a mulher era uma pessoa que vivia dentro de si própria, distante, esquiva, e por aí vai. O olhar dela era voltado para baixo e para a distância, para o nada. Ele correu a vista pelos anúncios acima das janelas, lendo a versão em espanhol vez após vez. Ela não tinha amigos, uma amiga. Era assim que Leo resolvia defini-la, por ora, nas etapas iniciais.

O trem parou numa estação, rua 42, Port Authority, e Leo afastou-se da porta e esperou. A mulher não se mexeu, não moveu um músculo, e ele começou a imaginar um vagão superlotado, eles dois em pé, seu corpo apertado contra o dela, premido contra ela. Para que lado ela está virada? Para o lado contrário a ele, estão um de costas para o outro, corpos guiados pelas guinadas e mudanças de velocidade, a composição agora passando a toda a velocidade por várias estações, um expresso não programado.

Ele precisava parar de pensar por algum tempo. Ou seria isso algo que todo mundo precisava fazer? Todos ali com os olhos evitavam pensar em todos os outros de todas as maneiras concebíveis, uma total contracorrente de sentimentos, desejos, ideias vagas, de um segundo para o outro.

Havia uma palavra que Leo queria aplicar à mulher. Era um termo de medicina ou de psicologia, e ele levou um bom tempo até conseguir lembrar-se, *anoréxica*, uma daquelas palavras que carregam seu próprio significado de modo enfático. Mas era extrema demais para ela. A mulher não era tão magra assim, não era emaciada, não era nem mesmo jovem o bastante para ser anoréxica. Ele saberia por que estava fazendo aquilo, o que quer que fosse, a partir do momento em que resolveu pegar o metrô errado, o dela? Não havia o que saber. A coisa era de minuto a minuto, era ver o que vinha depois.

Logo Leo estava a segui-la pela rua, saindo do calor e do barulho daquele trecho da Broadway e entrando no saguão fresco de um grande multiplex, cheio de colunas. A mulher passou pelas máquinas de vender ingressos e aproximou-se do balcão do outro lado do saguão. Cartazes por toda parte, apenas uns gatos-pingados. A mulher pisou na escada rolante e ele se deu conta de que agora não podia perdê-la de vista. Foi subindo em direção ao enorme mural hollywoodiano e chegou ao segundo andar, coberto de carpete. Havia um homem num sofá lendo um livro. A mulher passou pelos consoles de video games e entregou seu ingresso à porteira postada à entrada das salas de projeção.

Todos esses elementos, aparentemente interligados, isto com aquilo, passo a passo, mas sem haver em sua mente a ideia de uma finalidade consciente — apenas o ritmo imprevisível de sua necessidade.

Leo estava parado no ponto de acesso, de onde podia vê-la entrar na sala seis. Voltou ao saguão e pediu um ingresso para o filme que estava em exibição nessa sala, fosse qual fosse. A bilheteira imprimiu o ingresso, com um rosto sem expressão, e ele seguiu para a escada rolante, passando pelo segurança cuja indiferença parecia ser genuína. Voltando ao segundo andar, entregou o ingresso à mulher uniformizada à porta, passou pelo longo balcão da lanchonete e entrou na sala seis. Umas vinte e poucas cabeças na penumbra. Ele correu a vista pela sala e encontrou a mulher, quinta fileira, extremidade mais longe da entrada.

Isso não lhe dava nenhuma satisfação, não perdê-la de vista entre o final de um filme e o início de outro. Sentia apenas que uma exigência fora cumprida, uma tensão indefinível relaxara. Ele já estava no meio da passagem lateral quando decidiu se sentar bem atrás dela. O impulso pegou-o de surpresa, e Leo instalou-se no assento com hesitação, precisando adaptar-se ao fato gritante de estar ali. Então a tela iluminou-se e os trailers lhes foram impostos como uma tortura de laboratório, em imagens rápidas e volume intenso.

Seus corpos estavam alinhados, os olhos alinhados, os dele

e os dela. Mas o filme era dela, o filme e o cinema, e Leo não estava preparado para essa confusão. O filme parecia natimorto. Ele não conseguia absorver o que estava acontecendo. Sentara-se com as pernas bem abertas, os joelhos encostados no assento em frente ao seu. Estava praticamente respirando em cima dela, e essa proximidade ajudava-o a penetrar certas coisas que até agora não estavam claras. Ela era uma mulher sozinha. Disso não havia dúvida. Ela mora sozinha, num cômodo único, tal como ele viveu. Eram anos que ainda guardavam força na memória de Leo, e a opção que ele viria a fazer, esse fato referente à sua vida, arranhado, arrancado, tornou-se uma visão pela primeira vez naquele quarto. Ela olha para as tábuas empenadas do assoalho. Não há banheira, apenas um chuveiro com paredes frágeis que estremecem quando a gente encosta nelas. Ela se esquece de tomar banho, se esquece de comer. Fica deitada na cama, os olhos abertos, e reencena sequências dos filmes do dia, cena por cena. Tem a capacidade de fazer isso. Uma coisa natural, inata. Não se importa com os atores, só com os personagens. São eles que falam, e olham pelas janelas melancólicos, e sofrem mortes violentas.

Leo tirou os olhos da tela. A cabeça e os ombros da mulher, era para isso que ele olhava, uma mulher que evita o contato com os outros, às vezes fica sentada em seu quarto olhando para uma parede. Ele a vê como uma alma de verdade, sem saber exatamente o que isso quer dizer. Ele tem mesmo certeza de que ela não mora com os pais? Será que ela é capaz de se virar sozinha? Ela vê certos filmes muitas vezes, coisa que Leo não faz. Sai à procura de filmes míticos, desses que só são exibidos uma vez a cada dez anos. Leo via tais filmes apenas quando se deparava com eles. Ela é capaz de dedicar sua energia à tarefa de procurar e assistir àquela obra-prima inacessível, cópia danificada, trechos faltando, tempo de projeção onze horas, doze horas, ninguém sabe direito, um ato privilegiado, uma bênção — a pessoa vai até Londres, até Lisboa, Praga ou talvez apenas até o Brooklyn, e entra numa sala apinhada de espectadores e sente-se transformada.

Tudo bem, Leo compreendia isso. Ela se afasta de sua própria sombra. É um ser escasso tentando encontrar um lugar para ser. Mas havia algo que ela precisava compreender. Isto é a vida cotidiana, é o trabalho, o dia a dia. A sua cabeça está enfiada num jornal ou plugada num telefone para que você possa medir os tempos do cinema em contraposição aos tempos de viagem estimados. Você prepara a tabela, cumpre os horários, permanece fiel ao planejamento. É assim que a gente faz, ele pensou.

Fechou os olhos por algum tempo. Tentou vê-la nua, em perfil, diante de um espelho. Parecia frágil, subnutrida, olhando para o próprio corpo, meio que se perguntando quem é essa pessoa. Leo pensou no nome dela. Precisava de um nome, uma maneira de apoderar-se dela, uma coisa com base na qual pudesse conhecê-la. Quando abriu os olhos havia uma casa na tela, solitária num campo gelado. Ele pensou na mulher como a Famélica. Era esse o nome dela.

Aquele dia, na Filadélfia, a estreia, *Apocalypse now*, mais de trinta anos atrás, na sessão das nove e vinte da manhã, no Goldman, na rua 15. Ele estava na Filadélfia porque seu pai tinha acabado de morrer e ele estava no cinema porque não conseguia não estar no cinema, chegando às nove em ponto com uma consciência de criminoso, a morte e o funeral iminente de seu pai atuando como parênteses para Brando na selva. Seu pai legou bens a dois amigos leais e o dinheiro ficou com Leo, uma quantia bem razoável, dinheiro de dono de frigorífico, presidente de sindicato, bom de copo, jogador, viúvo, mestre em matéria de propinas e outras amenidades.

E o dia, décadas depois, em que Brando morreu. Deu no rádio. Marlon Brando morto aos oitenta anos de idade. Aquilo não fazia sentido para Leo. Brando com oitenta anos. Brando morto fazia mais sentido do que Brando com oitenta anos. Era o cara da camiseta que estava morto, o cara do casaco de couro, não o velho de bochechas inchadas e voz rouquenha. Mais tarde, no supermercado, depois do primeiro filme do dia, ele esperava encontrar pessoas falando sobre a morte nas filas do supermercado, mas elas tinham outras coisas na cabeça. Levo o spray de azeite ou o de óleo de canola? Débito ou crédito? Parado na fila, ele pensava no pai. Duas mortes eternamente associadas, e o dinheiro, o legado do pai, foi o que acabou possibilitando que ele largasse o emprego nos Correios e adotasse aquela vida, em tempo integral, com o apoio de Flory.

Na época, estavam apenas começando a se conhecer. Leo já enchia cadernos com fatos e comentários, interpretações pessoais, o que ela achava fascinante. Já havia pilhas desses cadernos escolares, letra ilegível, meio milhão de palavras, um milhão de palavras, filme por filme, dia a dia, perfazendo uma crônica cultural a ser descoberta daqui a cem anos, a história excêntrica de toda uma era registrada por um homem. Ele era um homem sério. Era isso que ela adorava em Leo, dizia Flory, sentada no chão, fumando maconha só de roupa de baixo, com óculos de mergulho pretos amarrados na cabeça. O homem era possuído por uma paixão, uma imersão total que não fazia concessões, e os cadernos eram uma prova concreta disso, objetos que se deixavam pegar com a mão, palavras que podiam ser contadas, a verdade palpável de uma dedicação monástica, e a letra difícil tornava ainda mais maravilhoso o empreendimento, como a escrita arcaica de um idioma perdido.

Então ele parou.

Filmes de todo tipo, de todos os lugares, mapas do imaginário do mundo, e então você para?

Leo explicou que parou porque os cadernos haviam se tornado o motivo pelo qual ele fazia o que fazia. O que ele fazia era ir ao cinema. Os cadernos estavam começando a substituir os filmes. Os filmes não precisavam das anotações. Só precisavam da presença dele.

Foi então que Flory parou de cortar o cabelo dele? Leo não tinha certeza.

Desde o começo ele sabia que estava caminhando em direção a um futuro sem dias de pagamento, feriados, aniversários, luas novas, luas cheias, refeições de verdade e praticamente nada de notícias internacionais. Ele queria o ato nativo, limpo, livre de sensações estranhas.

Leo jamais olhava para as pessoas que vendiam ingressos e que recolhiam ingressos. Alguém lhe entregava um ingresso, ele o repassava a outro alguém. Isso continuava igual, quase tudo continuava igual. Mas agora os dias pareciam terminar uma hora depois que começavam. Era sempre o final do dia. Os dias não tinham nome e isso não devia ter importância. Mas havia algo de perturbador na semana anônima, não a consciência do tempo primevo, mas do tempo esvaziado. Leo subia a escada, perto da meia-noite, e era aqui e agora, noite após noite, que ele se tornava intensamente cônscio do momento, aproximando-se do terceiro andar, desacelerando o passo, cuidando de não despertar o cachorro do vizinho, que tinha cara de rato e latia. Mais um fim de mais um dia. O dia anterior tinha acabado de terminar, parecia-lhe, naquele exato lugar na escada, com o mesmo passo cauteloso, e ele conseguia ver a si próprio com clareza, antes e agora, dando aquele passo.

Tudo esquecido até a noite seguinte, quando a mesma sensação ocorria, no mesmo lugar, a um degrau do patamar da escada.

Primeiro o ônibus, depois o metrô, linha seis, direção norte. Leo achava que estavam seguindo para um cinema no Upper East Side. Achava também que devia haver outra palavra, que não *anoréxica*, para ajudá-lo a vê-la com clareza, uma palavra inventada para servir de aspiração para certos indivíduos, como se eles tivessem nascido e sido criados para se embrulhar nela.

Leo observava a mulher, a uma distância de meio vagão.

Ela quase nunca fala. Quando fala, será que gagueja, que tem sotaque? Um sotaque talvez fosse interessante, algo de escandinavo, mas Leo resolveu que não queria sotaque nenhum. Ela não tem telefone. Ela se esquece de fazer as compras — comida, sapatos, artigos de perfumaria — ou simplesmente recusa-se a fazê-las. Ela ouve vozes, ouve diálogos de filmes a que assistiu na infância.

A mulher permaneceu sentada quando chegaram à rua 86. Esse fato deixou-o nervoso e o levou a começar a contar as estações. Quando completou exatamente uma dúzia, o trem emergiu à superfície e Leo viu surgir à sua frente um cenário de cortiços, conjuntos imobiliários, fragmentos soltos de grafitagens em telhados e um rio ou braço de mar que não conseguiu identificar.

Ela também é imprevisível, talvez autodestrutiva. Às vezes se joga contra a parede. Ocorreu a Leo que o que ele estava fazendo talvez fosse perfeitamente sensato, definindo-a como alguém que levara essa vida, *a vida deles*, até seu limite predeterminado. Ela não tem recurso a medidas sensatas. Ela é pura, ele não é. Será que ela esquece o próprio nome? Será possível para ela imaginar algo que tenha a mais vaga semelhança com bem-estar?

Leo verificou os nomes de ruas no mapa eletrônico à sua frente, pontinhos de luz apagando-se, um por um, Whitlock, Elder, Morrison, e começou a entender onde estava. Estava no

Bronx, o que significava que havia transposto as fronteiras do mundo conhecido. O vagão estava cheio de sol, o que o fazia se sentir exposto, vulnerável, sem a aura protetora que ele vivenciara abaixo do nível da rua.

Em frente a ele uma mulher pequenina, parda, segurava na mão um cigarro fumado até a metade, apagado. Na plataforma, por fim, ele seguiu a outra mulher, a mulher que estava seguindo, até descerem ao nível da rua, e depois foi atrás dela por uma avenida larga cheia de lojas, escritórios, uma mercearia bengali, um restaurante sino-latino. Parou de reparar nesses detalhes e ficou a vê-la caminhar. Ela parecia transformar com seu pensamento cada passo num ser físico. Atravessaram a passarela sobre uma via expressa e ele entrou numa rua cheia de casas todas iguais, com toldos de alumínio. Leo parou e esperou que ela entrasse numa das casas, e agora não havia mais ninguém na rua além dele.

Voltou para a estação com passos lentos, sem saber como entender a situação. Aquilo contradizia tudo o que ele passara a acreditar a respeito dela? Aquela rua, aquelas casas de família, a dificuldade que representava para ela ir até os cinemas concentrados em Manhattan. De certo modo, isso a tornava uma figura mais fascinante. Confirmava sua determinação, a seriedade de sua vocação.

Ela morava ali porque tinha que morar em algum lugar. Não conseguia se virar sozinha. Está vivendo com uma irmã mais velha e a família dela. A única família branca que ainda mora no quarteirão. Ela é a estranha da família, a que nunca diz aonde vai, que raramente come com os outros, a que nunca vai se casar.

Talvez não houvesse um termo técnico de medicina para designar o que ela fazia ou era. Ela simplesmente seguia em frente, livre de tudo.

Leo sentia o calor, calor bengali, calor caribenho. Lia os nomes das empresas nas vitrines. É isso que ela vê todos os dias,

Tattoo Mayhem, Metropolitan Brace and Limb. Ele resolveu esperar num lugar de onde visse a escada da pista elevada do metrô. Se houvesse um filme programado, ela haveria de usar aquela escada para pegar o trem. Leo comeu alguma coisa na Kabir's Bakery e esperou, depois foi ao Dunkin' Donuts e comeu mais alguma coisa e esperou, olhando pela vitrine. Era a primeira vez que comia naquele dia? Ela estaria comendo ao mesmo tempo que ele? Será que a Famélica comia?

Leo ficou parado à sombra na esquina, debaixo do elevado, composições chegando e partindo, pessoas para todos os lados, e ele as observava, coisa que fazia tão raramente, a tardinha se desenrolando aos poucos. Ali não havia nada que não fosse comum, mas ele se sentia compelido a examinar o cenário, buscando alguma coisa que não conseguisse identificar. Então viu a mulher, do outro lado da rua. Ela nascera para não ser vista por ninguém, pensou Leo, senão por ele. Ela tinha isso dentro de si, o olhar desconfiado e o corpo tenso, a interioridade, a ausência de toque. Quem tocaria nela, alguma vez?

A mulher estava agora com um suéter escuro, gola V, e o cabo de um guarda-chuva emergia da bolsa pendurada em seu ombro.

Leva o guarda-chuva, dissera sua irmã. Nunca se sabe.

Leo subiu a escada atrás dela e chegou à plataforma, mesmo trilho de antes, para o norte, e essa era mais uma realidade a ser absorvida, eles não iam voltar para Manhattan. Seguiram cinco estações até o final da linha, e ela desceu à rua e pegou um ônibus que estava à espera. Leo sentia-se perdido e pateta, andando às cegas, vítima passiva de alguma manipulação escusa. Sentia-se também prestes a perder o contato. O ônibus estava parado, era o Bx29. Entravam passageiros nele, e depois de algum tempo Leo entrou também, pegando um assento bem à frente. Nada acontecia, mas o tempo parecia transcorrer a toda a velocidade.

Ele via o tempo passando pela janela, o céu escurecendo, coisas em movimento. Um homem e uma mulher atrás dele conversavam em grego. Ele pensava que os gregos viviam no Queens.

Então começaram a passar por uma paisagem de avenidas, vias expressas, trevos e interseções, e o ônibus entrou num enorme complexo de shoppings, vários deles, mais ou menos justapostos, nomes nacionais por toda parte, franquias e megamagazines, uma centena de logotipos garrafais, e lá longe, na distância, Leo via as luzes e formas geométricas de uma vastidão de arranha-céus.

A mulher quase roçou no ombro dele quando saltou do ônibus. Foi só quando se viu na calçada que Leo percebeu que estava parado diante de um cinema. Olhou para a fachada transparente. Estava pronto para voltar a acreditar em tudo outra vez. Lá estava a mulher dentro do saguão, o corpo apenas esboçado na fila sinuosa da bilheteria. Leo estava pronto para confiar no momento, ser ele mesmo, como um homem retomando a consciência depois de um pesadelo.

Verificou a lista de filmes e horários e comprou um ingresso para o espetáculo que estava prestes a começar. Pegou a escada rolante do segundo andar e entrou na sala três. Lá estava ela, no final de uma fileira perto da tela. Ele pegou um lugar vazio que encontrou no cinema lotado e tentou acompanhar os pensamentos dela com os seus, sentir o que ela estava sentindo.

Sempre a sensação de expectativa. Aguardar ansiosamente, invariavelmente, qualquer que fosse o título, o enredo, o diretor, e poder esquivar-se do espectro da decepção. Não havia decepções, jamais, para ele, para ela. Estavam ali para ser envolvidos, transcendidos. Alguma coisa passaria voando por eles, estenderia um braço e os levaria consigo.

Era essa a superfície inocente, emprestada da infância. Havia mais, porém o que seria? Era algo que ele nunca tentara penetrar até aquele momento, o busílis de ser quem ele era e compreender por que precisava daquilo. Leo pressentia sua presença na mulher, sabia que estava ali, a mesma meia-vida. Não tinham outro eu. Não tinham um eu falso, nenhum verniz. Só podiam ser a coisa engastada única que eram, despida dos rostos que os outros usam com naturalidade. Eles tinham rostos nus, almas nuas, e talvez fosse por isso que estavam ali, para se proteger. O mundo estava lá em cima, emoldurado, na tela, montado e corrigido e bem amarrado, e eles estavam ali, no lugar deles, na escuridão isolada, sendo o que eram, protegidos.

Os filmes acontecem no escuro. Essa constatação parecia ser uma verdade obscura, que ele encontrara por acaso naquele instante.

Leo levou um momento para se dar conta de que era o mesmo filme que tinha visto na véspera, em Manhattan, no Battery Park. Não sabia como se sentir em relação a esse fato. Resolveu não se sentir um idiota. O que aconteceria quando o filme terminasse? Era nisso que ele devia estar pensando.

Viu o filme terminar tal como terminara vinte e quatro horas antes. A mulher permaneceu sentada, as pessoas passando por ela. Leo fez o mesmo, esperando que ela se mexesse, por nada menos que quinze minutos. Ele reconhecia o significado disso. O filme terminou, não há vontade de sair, lá fora não há nada, só o calor subindo da calçada. Ali é que era o lugar deles, nas fileiras de assentos vazios, sem escolhas falsas. Será que ele queria apoderar-se dela, ou apenas tocá-la uma vez, ouvi-la dizer algumas palavras? Um toque talvez aplacasse aquela necessidade. O lugar cheirava a almofadas de poltronas, a poeira de corpos mornos.

Os banheiros ficavam no final de um corredor. O lugar estava se esvaziando quando ela foi para lá. Leo, parado no início do corredor, pensava, tentava pensar. Não havia nada em que confiar senão sua mente em branco. Talvez julgasse estar ali montando guarda, esperando que as outras mulheres, se é que havia outras mulheres, saíssem do banheiro. Não sabia o que queria fazer agora, e assim andou até o fim do corredor e abriu a porta. Ela estava diante da pia mais afastada da porta, jogando água no rosto. A bolsa estava no chão a seus pés. Ela levantou a vista e o viu. Nada aconteceu, nenhum dos dois se mexeu. Leo entrou num estado de observação neutra. *Nenhum dos dois se mexeu*, pensou ele. Então olhou para uma fileira de cabines, todas aparentemente abertas, as portas destrancadas. Isso foi um ato motivado, gritante e revelador, e ela se afastou, em direção à parede mais distante.

Havia fendas no silêncio, uma sensação de movimento interrompido e retomado. O olhar dela não o via. O rosto e os olhos dela eram de uma pessoa remota no tempo, uma mulher numa pintura, cortinas que pendiam soltas. Leo queria que um dos dois dissesse alguma coisa.

Disse ele: "As torneiras do banheiro dos homens não estão funcionando".

Essa frase parecia incompleta.

"Entrei aqui", ele disse, "pra lavar a mão."

Leo não sabia o que havia de acontecer agora. O branco brilhoso do banheiro era letal. Ele sentia o suor se espraiando pelos ombros e pelas costas abaixo. Embora a mulher não estivesse olhando diretamente para Leo, ele estava na sua linha de visão. O que aconteceria se ela o encarasse, olhos nos olhos? Seria esse contato o que ela temia, o olhar que desencadeia a ação?

Nenhum dos dois se mexeu, Leo pensou.

Acenou para ela, um gesto absurdo. O rosto e as mãos da mulher ainda estavam molhados. Ela estava parada, um dos braços dobrados à sua frente, mas ele não via aquilo como uma atitude de defesa. Ela não estava aparando um golpe, nem afugentando-o. Estava apenas parada no meio de um movimento, o outro braço ao lado, a palma da mão encostada na parede.

Leo tentou imaginar como ela o veria, um homem de certo tamanho, certa idade, mas como seria que qualquer pessoa o via? Ele não tinha a menor ideia.

Sentiu uma espécie de tremor no braço direito. Achou que talvez o braço fosse começar a estremecer. Cerrou o punho, só para ver se era capaz de tal gesto. Agora o jeito era se revelar, dizer à mulher quem ele era, para que eles dois ouvissem.

Leo disse: "Eu não paro de pensar num filme japonês que vi uns dez anos atrás. Era em tom sépia, tipo assim marrom-acinzentado, mais de três horas e meia de projeção, numa sessão da tarde no Times Square, o cinema não existe mais, e eu não consigo me lembrar do nome do filme. Isso devia me enlouquecer, mas não. Alguma coisa aconteceu com a minha memória de lá pra cá. É porque eu não durmo bem. O sono e a memória estão interligados. Tem um sequestro de ônibus, morre gente, eu era a única pessoa no cinema. O cinema ficava debaixo de uma megaloja dessas que vendem CDs, DVDs, fones de ouvido, videocassetes, tudo que é equipamento de som, e a gente entra na loja e desce uma escada e está num cinema, aí paga o ingresso e entra. Antigamente eu sabia tudo sobre todos os filmes que eu via, mas estou esquecendo tudo. Dá até vergonha, mas foram três horas e meia. Eu devia saber dizer quantos minutos, o número exato de minutos do tempo de projeção".

A voz dele estava estranha. Ele a ouvia como se ouvisse outra pessoa falando. Era uma voz uniforme, sem inflexões, um som monótono e grave.

"Não tinha ninguém no saguão nem na sala de projeção. Ninguém em lugar nenhum. Tinha um balcão de lanchonete? Isso eu lembro, a experiência em si, sozinho naquele lugar vendo um filme numa língua que eu não entendo, com legendas, numa sala subterrânea, sinistra, parecia um túmulo, os passageiros mortos, o sequestrador morto, o motorista sobrevive, uns garotos sobrevivem. Antigamente eu sabia o nome de tudo que era filme estrangeiro em inglês, e mais o nome na língua original. Mas minha memória está batendo pino. Tem uma coisa que não muda pra mim e pra você. A gente organiza o dia, não é? Tudo compilado, organizado, a gente dá um sentido ao dia. E depois que a gente senta e o filme começa, é como se fosse uma coisa que a gente sempre soube, sempre a mesma, mas não é possível compartilhar a experiência com outra pessoa. O Stanley Kubrick foi criado no Bronx, mas longe de onde você mora. Tony Curtis, o Bronx, Bernard Schwartz. Eu nasci na Filadélfia. Vi *Profissão: repórter* no Cinema Nineteen. As lembranças mais antigas duram mais que as novas, rua 90 esquina com Chestnut. Tinha um cara gordo no saguão, a sessão da uma e dez, ele usava um sapato com o bico cortado e sem meia. Acho que ninguém ficou olhando pros dedos dos pés dele. Ninguém queria fazer isso. Então eu vim pra Nova York e a luminária do meu quarto pegou fogo. Sem mais nem menos, o maior fogaréu. Não lembro como apaguei o fogo. Eu joguei uma toalha molhada em cima da luminária? Não faço ideia. Sono e memória, essas coisas estão interligadas. Mas o que eu estava começando a falar antes, o filme japonês, eu entrei no banheiro quando terminou e as torneiras não funcionavam. Não tinha água pra lavar a mão. Por isso que eu estou contando essa história toda. As torneiras daquele banheiro dos homens e as torneiras deste banheiro dos homens. Mas lá a coisa fazia sentido, lá era irreal que nem tudo o mais. Não tinha ninguém, o balcão de lanchonete estava vazio, o banheiro era completamente limpo, não tinha água. Aí eu entrei aqui, pra lavar a mão", disse ele.

A porta atrás de Leo abriu-se. Ele não se virou para ver quem era. Havia alguém ali, olhando, testemunhando o que estava acontecendo, fosse o que fosse. Um homem no banheiro das mulheres, bastava que a testemunha visse isso, um homem parado perto da fileira de pias, uma mulher encostada na outra parede. O homem estaria ameaçando a mulher encostada na parede? O homem teria intenção de se aproximar da mulher e apertá-la contra a parede dura, ladrilhada, naquela luz ofuscante? A testemunha seria também uma mulher, ele pensou. Nem precisava se virar e olhar. *O que o homem faria com elas, a Testemunha e a Famélica?* Não era um pensamento, e sim um borrão de imagens misturadas, mas era também um pensamento, e ele quase fechou os olhos para vê-lo com mais clareza.

Então a mulher se afastou da parede. Deu dois passos incertos em direção a ele, com um movimento brusco pegou a bolsa que estava no chão e foi se esgueirando depressa por entre as cabines e passando por ele, contornando-o. As duas foram embora, as duas mulheres, e Leo com a sensação de que dispunha ainda de um segundo de desespero antes de cair de joelhos, com as mãos no peito, tudo de todos os lados, um bilhão de minutos vivos, tudo convergindo naquele ponto imóvel.

Mas ele permaneceu onde estava, em pé. Virou-se para a pia e ficou um bom tempo olhando fixamente para ela. Abriu a torneira e esguichou sabonete líquido nas mãos, lavando-as com cuidado, metodicamente, como se seguisse um regulamento. Fez outra pausa, lembrando-se do que vinha em seguida, e então pegou uma toalha de papel, e outra, e mais outra.

O corredor estava vazio. Havia gente subindo pela escada rolante, uma sessão prestes a começar. Ele ficou parado olhando para as pessoas, tentando decidir se ficava ou ia embora.

Chegou encharcado de chuva, subiu as escadas devagar. Faltando um degrau para atingir o terceiro patamar, lembrou-se do momento equivalente da véspera, vendo-se a si próprio subindo aquele degrau, o final de um dia fundindo-se com o do outro.

Entrou no apartamento sem fazer barulho e sentou-se na cama de vento, desamarrando os cadarços dos sapatos. Então levantou a vista, os sapatos ainda nos pés, pensando que alguma coisa não estava certa. A fraca luz fluorescente sobre a pia da cozinha estava acesa, piscando, sempre, e ele viu um vulto perto da outra janela, alguém, Flory, imóvel. Começou a falar, depois parou. Ela estava com uma malha e uma camiseta regata, e as pernas estavam coladas uma na outra, os braços levantados, bem retos, as mãos entrelaçadas, as palmas viradas para cima. Leo não sabia se Flory estava olhando para ele. Se estava, não sabia se ela o estava vendo.

Ele não mexia um músculo, apenas olhava. Parecia a coisa mais simples, uma pessoa parada numa sala, uma questão de imobilidade e equilíbrio. Mas com o passar do tempo a posição em que ela estava começou a ganhar um significado, até mesmo uma história, ainda que fosse uma história que ele não saberia interpretar. Os pés descalços juntos, as pernas tocando-se de leve nos joelhos e nas coxas, os braços levantados deixando uma fração de centímetro de espaço livre dos dois lados da cabeça. O modo como as mãos estavam entrelaçadas, o corpo esticado, uma simetria, uma disciplina que o fez pensar que ele estava vendo nela alguma coisa que nunca vira antes, uma verdade ou uma profundidade que lhe mostrava quem ela era. Perdeu toda a noção do tempo, decidido a permanecer totalmente imóvel enquanto ela permanecesse imóvel, olhando fixamente, respirando de modo uniforme, sem jamais hesitar.

Se ele piscasse, ela desapareceria.

ESTA OBRA FOI COMPOSTA PELO GRUPO DE CRIAÇÃO EM ELECTRA E
IMPRESSA PELA RR DONNELLEY EM OFSETE SOBRE PAPEL PÓLEN SOFT
DA SUZANO PAPEL E CELULOSE PARA A EDITORA SCHWARCZ
EM JUNHO DE 2013